Tipik junior

Les brumes du Connemara

Éric Simard

Illustration de couverture :
Pierre Amoudry

Magnard Jeunesse

À Jack Chaboud.

L'auteur remercie le Centre national du livre pour la bourse à l'écriture qui lui a été accordée.

La Légende de l'Émeraude
est une épopée irlandaise
dont les trois premiers tomes sont :

1 – Le souffle de la pierre d'Irlande.
2 – L'aigle de Kylemore.
3 – Les brumes du Connemara.

Irlande, le 2 mai 2000,

Je m'appelle William. Il y a moins d'un an, je vivais paisiblement en France. Je menais une vie normale, dans un village normal. J'étais inscrit dans un collège normal.

Un matin, ma vie a basculé : ma mère m'a annoncé la disparition de mon père, en Irlande, dans le Connemara. J'ai pleuré sa perte, des jours et des nuits. J'avais douze ans et j'en voulais au monde entier.

Ma mère a décidé de rejoindre cette terre sauvage où mon père avait disparu. À aucun moment, je n'ai pressenti ce qui m'attendait.

Pourtant, le Connemara faisait écho à un mystère blotti au creux de mon cœur. Ses paysages envoûtants ne m'étaient pas étrangers. Ils semblaient murmurer à mon âme de troublants secrets.[1]

J'ai rencontré Fiona, jeune Irlandaise de mon âge, aux cheveux roux, aveugle, sensible aux vibrations de la Terre. Je suis tombé amoureux d'elle… sans savoir qu'elle détenait les clés de mon mystère.

Fiona m'a mené jusqu'à mon père, que je croyais mort. Elle m'a ouvert les portes de son cœur et m'a appris que les landes gorgées d'eau et les colliers de lacs ne sont que la partie visible de l'Irlande sauvage.

Elle m'a révélé sa nature féerique en me montrant qu'elle pouvait se transformer en cygne quand elle le voulait.

Elle m'a aidé à comprendre que j'étais, comme elle, un des Tuatha Dé Danann, c'est-à-dire un de ces guerriers aux pouvoirs magiques qui régnaient sur l'Irlande il y a très longtemps. Vaincue par les Celtes, une partie de mon peuple s'est soustraite au regard des hommes et s'est réfugiée dans les royaumes souterrains. C'est le chemin que j'ai choisi. Une autre partie

1. Lire *Le souffle de la pierre d'Irlande* et *L'aigle de Kylemore*.

a quitté définitivement l'Irlande pour rejoindre Tir na n'Og, la terre de l'Éternelle Jeunesse.

En 1762, ma vie de guerrier Dé Danann a basculé : un membre de ma tribu a transpercé mon cou d'une flèche. Cette blessure m'a précipité dans le monde des humains en me faisant oublier toute trace de mon passé féerique.

Depuis cette date, je me suis réincarné plusieurs fois parmi les hommes. Je naissais dans des familles d'humains et je mourais, ignorant mes origines.

Aujourd'hui, tout est redevenu clair : je sais qui je suis.

Je vis auprès de John et Elisabeth, les humains qui m'ont mis au monde. Je sais que mes véritables parents Dé Danann ont rejoint Tir na n'Og. Peut-être les retrouverai-je un jour ?

En attendant, Fiona et moi avons pour mission de protéger l'Émeraude, la pierre sacrée de notre peuple.

Nous avons déjà vaincu Georg et ses complices, les trafiquants de pierres précieuses, mais le refuge où l'Émeraude était cachée a été détruit par un incendie.

Fiona doit chercher un nouvel abri.

Quant à moi, je n'ai qu'une idée en tête : retrouver les héros légendaires qui ont forgé la renommée de mon peuple…

chapitre 1

Fiona me conduisit sur un des douze sommets du Connemara, fouetté par les bourrasques violentes venues de l'océan. Elle avait quitté l'apparence du cygne et se dressait devant moi sous sa forme humaine, pieds nus et simplement vêtue de sa longue robe blanche. Ses yeux aveugles avaient la clarté de l'émeraude et ses mèches rousses dansaient sous les assauts du vent. Nous nous assîmes l'un en face de l'autre, solennellement. Ses lèvres étaient si proches que je dus me retenir pour ne pas les embrasser.

« Ferme les yeux, William, me dit-elle, et sens le vent glisser à tes oreilles les mots doux que je t'ai murmurés si souvent. Rappelle-toi combien nos éclats de rire illuminaient nos jeux. Écoute la mer et son cortège de rouleaux incessants. Tu m'as tant manqué pendant ces années d'exil chez les humains. Je me languissais, seule sur la lande, scrutant l'océan et les sommets du Connemara. J'épiais les moindres soubresauts de lumière, je priais pour que tu reviennes. Ferme les yeux, William, et souviens-toi de ce temps où nous chevauchions sur la lande. Bran m'emportait sur la crête des falaises. Tu me poursuivais et tu riais. Saol laissait flotter dans le vent sa crinière flamboyante.

— Saol ?

— Ta jument. Elle nous rattrapait sans peine. Tu te jetais sur moi et nous roulions dans les vagues, ivres de joie, enlacés dans l'écume de l'océan. Notre amour était infini, car il puisait sa force dans les racines d'Eire, l'Irlande magique. Souviens-toi, William, de ce temps où les hommes n'avaient pas encore enchaîné notre Terre. Nous dansions avec le vent… Tu mêlais le son de ta flûte aux mélodies de ma harpe. Nos esprits s'accordaient aux souffles de la Nature. C'était le temps où le cœur des êtres était libre, vibrant au rythme des saisons. Le Connemara était notre berceau. Sauvage. Puissant. C'était avant que les hommes succombent à la noirceur de leurs pouvoirs.

— Fiona… Je ne me souviens de rien.

— Sèche tes larmes, William. Viendra le temps où tu recouvreras la mémoire. Elle ouvrira la porte de ton cœur. Il te faudra être prêt. De son aile légère, elle effacera les chaînes de tes souffrances. Mais auparavant, il faut que tu réapprennes à maîtriser tes pouvoirs.

— Je peux déjà me transformer en aigle et…

— Tu t'es métamorphosé deux fois en aigle : d'abord, par instinct de conservation, pour sauver nos vies. Ensuite, sous l'emprise du désir, pour me rejoindre au-dessus du lac de Kylemore. Ces transformations n'ont pas été obtenues par ta volonté, mais par les pulsions qui te dominent. Sache que tu as encore du chemin à parcourir pour te rendre maître de ton pouvoir, comme les véritables Dé Danann.

— Je peux y arriver ! » répondis-je, vexé.

Je me concentrai et demandai à me transformer en aigle des mers. Mais rien ne se produisit. Je priai les puissances invisibles pour qu'elles m'aident… En vain. Je restai planté comme un imbécile sur la lande boueuse.

Fiona sourit et me dit :

« Tu ne pourras acquérir la maîtrise de tes pouvoirs que si tu surmontes certaines épreuves.

— Lesquelles ?

— Je ne peux pas t'aider. Pour retrouver nos pouvoirs, nous autres Dé Danann, nous devons nous débrouiller seuls. Nous nous entraidons seulement s'il y a danger de mort. Ne perds pas de temps, car tu n'as que quelques semaines devant toi avant que soit célébré Lugnasad.

— Lugnasad ?

— Tous les ans, au début du mois d'août, notre peuple fête la rencontre de la pleine lune avec le soleil d'été.

— À quel endroit ?

— Dans la plaine de Tailtiu, non loin de Dublin. Des combats y sont organisés. Quand tu auras maîtrisé tes pouvoirs, je t'y mènerai. En attendant cette heure, je cacherai l'Émeraude, notre pierre sacrée, dans mon nouveau refuge. N'essaie jamais de connaître son emplacement.

— Pourquoi ?

— La force de l'Émeraude dépasse tout ce

que tu peux imaginer. Elle peut guider le monde vers la lumière comme elle peut l'entraîner dans les ténèbres. Des esprits assoiffés de pouvoir rêvent de l'utiliser à des fins maléfiques. Nous nous sommes débarrassés des humains qui la convoitaient. Mais d'autres ennemis sont aux abois… des ennemis à la cruauté sans borne, prêts à tout pour asservir les êtres de la Terre. Les esprits du Connemara savent que tu es revenu. Ils sont à ta recherche. Quand ils t'auront trouvé, ils te laisseront croire que tu es libre de tes mouvements. En réalité, ils te surveilleront à chaque instant. Si je te montre ma nouvelle cachette et si tu as le malheur de m'y rejoindre, ils n'hésiteront pas à fondre sur nous.

— Je peux reconnaître ces esprits ?

— Peu à peu, des silhouettes s'imposeront à ton regard. N'essaie pas de les chasser. Ce seront tes premières perceptions de l'Invisible.

— Fiona… Quand pourrai-je te retrouver ?

— Je dois rester auprès de l'Émeraude pour la protéger. Mais mon corps éthérique peut se déplacer. Il te rejoindra chaque fois que tu le souhaiteras.

— Que devrai-je faire ?

— Maintenant que tu as reconnu ta vraie nature Dé Danann, tu n'as plus besoin de l'énergie des pierres pour voir l'Invisible. Tu fermeras les yeux, écarteras les bras et prononceras mon nom Dé Danann : Anga. Si tu m'appelles avec la force qui habite ton cœur, j'apparaîtrai aussitôt.

— Fiona… c'est toi que je désire retrouver. Pas ton spectre.

— Sois patient, William. Rejoins tes parents humains et retourne au collège de Clifden. Le contact avec les hommes est le meilleur champ d'application pour le réapprentissage de tes pouvoirs. Et surtout, n'oublie pas que tu dois cacher ta véritable nature. »

chapitre 2

Élisabeth et John, mes parents humains, ignoraient que j'étais un représentant du peuple féerique d'Irlande. La loi de mon peuple m'interdisait de le leur révéler. En revanche, ils savaient que Fiona était une Dé Danann. Je leur expliquai qu'elle avait quitté le refuge de Kylemore, ravagé par un incendie, pour rejoindre un nouveau dolmen, quelque part dans les montagnes du Connemara. Je leur précisai qu'elle n'avait pas voulu révéler son emplacement, et ils reconnurent que c'était une sage décision. Dès leur retour de Nouvelle-Zélande, ils louèrent une chaumière près du lieu-dit Moyard, situé en bordure de mer, à quelques kilomètres de Clifden.

Le matin du 4 mai 2000, je quittai cette nouvelle maison pour rejoindre le collège en mobylette. Comment allais-je être accueilli après mes cinq mois d'absence ?

L'air frais de la côte giflait mon visage. Tout au long de la route, les paroles enivrantes de Fiona résonnaient dans ma tête. J'essayais de me remémorer ces moments d'amour que nous avions partagés des siècles plus tôt, sur les plages du Connemara. Mais aucune image ne surgissait.

J'atteignis le collège avec une boule de tristesse dans la gorge. Stephen, mon fidèle ami, fut le premier à venir à ma rencontre.

« William ! J'ai cru que tu ne reviendrais jamais ! »

Il m'observa attentivement et déclara :

« Tu es bizarre.

— Qu'est-ce que tu veux dire ?

— Je ne sais pas… Ton regard, peut-être. J'ai l'impression que tu as changé. »

Embarrassé, je lui demandai :

« Quels cours a-t-on, ce matin ?

— Sciences nat et histoire-géo. »

Il me suivit et posa la question qui le démangeait depuis mon arrivée :

« Tu as des nouvelles de Fiona ? »

Pauvre Stephen ! Si je lui avais appris que ma bien-aimée était en réalité une fée... il ne s'en serait jamais remis. Pour lui comme pour tous les autres élèves, Fiona avait dû quitter le collège en début d'année pour des raisons de santé, après avoir été admise dans une clinique de Dublin.

« Non, je ne sais pas ce qu'elle est devenue, répondis-je.

— Dommage, dit-il d'un air rêveur. J'aurais aimé qu'elle revienne. »

Il sortit de ses songes et poursuivit :

« Il paraît que l'incendie du refuge de Kylemore est criminel. Tu en sais un peu plus ?

— Non, mentis-je. J'ai appris la nouvelle comme tout le monde. »

Stephen se contenta de mes réponses évasives. J'en voulais à Fiona qui avait insisté pour que je retourne au collège. Combien de temps allais-je devoir cacher la vérité à mon ami ? N'avait-il pas déjà remarqué un changement sur mon visage ?

Madame Collins, la professeur de sciences naturelles, fut enchantée de mon retour.

« As-tu été scolarisé dans un autre établissement, pendant ces cinq mois ? me demanda-t-elle, les yeux cachés derrière de grosses lunettes noires.

— Oui, continuai-je à mentir. Mais j'ai pris beaucoup de retard.

— Stephen te photocopiera ses cours. N'est-ce pas… Stephen ? »

Mon ami hocha la tête. Je me tournai discrètement et parcourus les visages des vingt-cinq élèves de la classe.

Dire qu'une semaine plus tôt, j'étais totalement ignorant de mes origines. Je me jetais à corps perdu dans les manuels pour comprendre le monde qui m'entourait alors que tout était là, en moi, prêt à se révéler. Je savais dorénavant que le monde visible n'était qu'une infime partie de notre univers, qu'il existait une face cachée, un monde extraordinaire que personne probablement, dans cette classe, ne soupçonnait. Quelques-uns devaient sentir confusément son existence en leur for intérieur, par les messages des rêves ou leur exaltation à l'écoute des légendes… Mais comment auraient-ils réagi si je leur avais appris ce que je savais. Ils m'auraient rejeté, comme ces hommes et ces femmes qui, à d'autres époques, avaient fini lapidés ou brûlés sur des bûchers. La loi du silence des Tuatha Dé Danann s'expliquait parfaitement. Pourquoi réveiller les craintes des humains face à l'inconnu ? Pourquoi s'exposer aux mauvais procès quand le silence permettait de vivre tranquillement, sans déranger les uns et les autres. Une flèche mortelle m'avait précipité dans le monde des humains, deux cent trente-huit ans plus tôt, mais je m'étais « réveillé ». Et je devais accepter de rester parmi les hommes jusqu'à ce que je retrouve mes pouvoirs Dé Danann.

Stephen me transmit un papier sur lequel était gribouillé : Tu penses à quoi ? J'articulai lentement pour qu'il lise sur mes lèvres : À rien…

« Je suppose que vous avez tous appris la semaine dernière l'incendie du refuge de Kylemore ? » lança soudain notre professeur.

Sa question fut accueillie par un « Mmmm » désabusé. Madame Collins réajusta ses lunettes et ajouta d'un ton agacé :

« Le destin de ce refuge vous laisse visiblement indifférents. C'est dommage, parce qu'il était une tentative de réintroduction de certains rapaces sur notre île. Comme par exemple le pygargue à queue blanche, appelé aussi aigle des mers. Quelqu'un a-t-il vu cet oiseau au refuge, avant l'incendie ?

— Demandez à William, répondit Maggie. Il était tout le temps dans les pattes de Fiona. »

La classe partit à rire, excepté Stephen et madame Collins. Je me levai et déclarai :

« J'ai vu plusieurs fois le pygargue au refuge de Kylemore. C'était un oiseau impressionnant. Quant à Fiona, c'est vrai qu'elle me fascinait. Si elle était là aujourd'hui, elle vous expliquerait qu'entre elle et moi, existe une relation qu'une cervelle de moineau comme la tienne, Maggie, peut difficilement comprendre.

— Wouahhhh ! s'exclama James. Le Français a mangé du lion ! Il t'a cloué le bec, Maggie !

— Du calme… du calme, intervint madame Collins. Reprenons le cours, s'il vous plaît. »

« Je ne sais pas si tu as bien fait de remettre Maggie à sa place, me dit Stephen à la récréation. Elle et sa bande s'en prennent à tout le monde depuis un certain temps. Ils veulent imposer leur loi au collège. »

Non loin de nous, Maggie fulminait au milieu de ses copains. J'entendis :

« On va lui régler son compte, à ce morveux. Vous avez vu comment il m'a parlé ? »

Quelques minutes plus tard, la sonnerie retentit. James arriva devant moi en boitant. Il avait les larmes aux yeux.

« Tu as des ennuis ? lui demandai-je.

— Jeff et Jimmy m'ont coincé dans un couloir et m'ont tabassé à cause de ma réaction, tout à l'heure, quand tu as répondu à Maggie. Ils m'ont dit que je devais la respecter. Et que ce serait bientôt ton tour… »

Pendant le cours d'histoire-géo, avec mademoiselle Pryce, j'eus l'impression qu'un véritable complot se tramait contre moi. Jeff et Jimmy lisaient les mots que Maggie leur transmettait et m'adressaient des sourires cyniques.

« Ça sent le roussi », me dit Stephen.

Curieusement, je n'avais pas peur. Était-ce le courage Dé Danann qui se manifestait en moi ? À la fin du cours, Maggie s'attendait peut-être à ce que je déguerpisse. Mais je pris tout mon temps. Stephen et moi descendîmes les escaliers et rejoignîmes nos mobylettes dans le parking des deux-roues. Maggie et sa bande étaient en embuscade, tapis dans l'ombre. Deux garçons se jetèrent sur Stephen et l'immobilisèrent. Mon ami n'eut pas le temps de réagir. Au même moment, Jeff et Jimmy me saisirent et me plaquèrent contre un mur. Je reçus un coup terrible au niveau de la mâchoire.

« Tu en veux un autre ? » aboya Maggie, le poing dressé.

Ma bouche était en sang. J'étais prêt à me débattre et à foncer sur elle, tête baissée, quand une voix intérieure me conseilla :

Ne fais rien aujourd'hui. Ils vont te réduire en bouillie si tu insistes. Attends ! Ton heure viendra…

« Tu fais le fier en classe, lança Maggie. Mais tu n'es qu'une mauviette. »

Je ne répondis pas. Elle s'approcha à quelques centimètres de mon visage, les yeux rouges de colère, et me cracha :

« Regarde-moi bien, face de rat. Je ne suis pas la chef de cette bande pour rien. J'en ai fait souffrir plus d'un avant toi. Les coups de pied dans les côtes, tu connais ? Et les brûlures de cigarette ? Alors, reste tranquille, sinon je te ferai regretter d'être revenu au collège. »

Jeff et Jimmy me jetèrent à terre et la bande s'éloigna.

chapitre 3

« **Comment tu vas ?** me demanda Stephen.

— Je suis un peu sonné.

— Viens te soigner chez moi. Tu ne peux pas repartir comme ça. »

Devant son insistance, je l'accompagnai jusqu'au centre de Clifden. Mon ami habitait un vieux moulin restauré, aux abords du torrent qui traverse la ville. Je fus accueilli chaleureusement par sa mère.

« Tu t'es mis dans un drôle d'état ! constata-t-elle en découvrant ma mâchoire tuméfiée.

— Une mauvaise chute », déclarai-je laconiquement.

Elle quitta la pièce et revint avec un tube de pommade.

« Appliques-en sur le bleu, ça te fera du bien. »

Je la remerciai et étalai le produit délicatement.

« Ça m'embête que tu repartes comme ça, ajouta-t-elle en posant ses mains sur ses hanches. Reste manger avec nous. Je vais prévenir tes parents. »

Elle composa le numéro de portable de ma mère, lui expliqua la situation et me passa le téléphone.

« Que s'est-il passé ? s'inquiéta maman. Tu as eu un accident ?

— Non. Juste une petite chute en mobylette, répondis-je en évitant de trop bouger la mâchoire.

— Le jour de ton retour au collège, c'est le bouquet ! grommela-t-elle. Tu veux que je vienne te chercher ?

— Non… ça ira. Madame Joyce m'a proposé de manger chez eux. Je serai à la maison dans une heure.

— Nous serons déjà repartis, réfléchit ma mère. Ton père et moi travaillons toute l'après-midi à Kylemore. Tu sais où on cache la clé de la maison ?

— Oui. Pas de problème !

— Si tu ne vas pas bien, appelle-nous. »

Je soupirai un grand coup pour qu'elle comprenne que j'étais las d'entendre ses conseils étouffants. Madame Joyce reprit le téléphone.

« Ne vous inquiétez pas, la rassura-t-elle. S'il y a quoi que ce soit, je raccompagnerai William en voiture. Il reprendra sa mobylette demain ou un autre jour, quand il ira mieux. »

Je bouillonnais à l'intérieur de moi. Ma mère n'a jamais cessé de me couver comme si j'étais un poussin à peine sorti du nid. Stephen compatit en levant les yeux au ciel. Madame Joyce raccrocha et proposa de passer à table. Je suivis Stephen dans la cuisine et découvris un enfant de huit ou neuf ans, tordu sur une chaise, la tête basculée en arrière, le regard vide comme une eau morte. Il ne bougeait pas malgré la salive qui coulait le long de sa joue.

« Je te présente Adrian, mon petit frère », lança Stephen en essuyant la bouche du garçon.

Je restai sans voix. Jamais il ne m'avait parlé de cet enfant. Sa mère remarqua ma surprise et me dit, sur un ton bienveillant :

« Assois-toi ici, William. Fais comme chez toi. »

J'observais d'un œil discret le comportement de mes hôtes. Madame Joyce essayait de faire avaler à son fils une cuillerée d'une bouillie chaude. Adrian, le dos arqué et les bras ballants, poussait des petits cris inquiétants. Sa mère le tourna dans ma direction. Du coup, les yeux de l'enfant se portèrent sur moi. Je devinai à travers son regard un être souffrant, un esprit prisonnier d'un corps défaillant. Je ne pus supporter longtemps cette confrontation et plongeai la tête dans mon assiette. Au même moment, un grand-père aux yeux bleus entra dans la cuisine, me fit un signe de la main et s'assit à notre table, juste devant moi.

« Papé, c'est William, cria Stephen. Tu te souviens ? Je t'ai souvent parlé de lui.

— Ne crie pas si fort, soupira madame Joyce. Je sais que ton grand-père est sourd, mais quand même… »

Le vieil homme saisit un maquereau grillé et y plongea les dents comme s'il n'avait pas mangé depuis des semaines. Son visage me rappelait ceux de vieux marins bretons, burinés par les tempêtes du grand large. Une étonnante jeunesse émanait de son regard.

« À ton avis, qui a mis le feu au refuge de Kylemore ? me demanda soudain madame Joyce, en retirant la cuillère de la bouche d'Adrian.

— Il faut demander aux enquêteurs, répondis-je.

— Il paraît que les pompiers ont retrouvé un corps calciné dans une voiture, précisa Stephen. La rumeur prétend qu'il s'agit de Georg, l'ami qui vous a hébergés.

— Je sais, déclarai-je. Il est porté disparu.

— Ce serait une mort atroce ! intervint madame Joyce en plongeant la cuillère dans la bouillie. Qu'est-ce qu'il aurait été faire là-bas ?

— C'est justement la question », fit remarquer Stephen.

Tandis que mes hôtes passaient en revue toutes les hypothèses, je me remémorais les circonstances qui avaient conduit à l'incendie du refuge. Je revis Georg et les trafiquants de pierres précieuses me tirer dessus alors que je venais délivrer Fiona. Ils m'avaient enfermé dans une volière et m'auraient tué si je n'avais pas eu la révélation de mes origines. Je m'étais transformé en aigle instantanément et je les avais terrassés. Georg avait voulu m'écraser en fonçant sur moi avec sa voiture, mais il avait heurté la maison et avait péri dans les flammes, prisonnier de son véhicule.

« William ! Je te sers ? »

Stephen me tendait une assiette de poisson grillé accompagné de frites.

« Euh… oui… merci ! »

Je fis un effort pour ouvrir la bouche et mastiquer.

« Je dois y aller, dis-je à la fin du repas. Je vous remercie pour votre invitation.

— Tu ne veux pas rester plus longtemps ? s'étonna Stephen. On pourrait faire un tour sur la côte.

— Non… merci. Je suis fatigué. Ce doit être ma blessure, précisai-je en me tenant la mâchoire.

— Je peux te reconduire chez ta mère, lança madame Joyce.

— Non. Ce n'est pas la peine. Je vais repartir tranquillement. Je ne suis pas pressé. »

Je serrai les mains de mes hôtes et me tournai vers Adrian. Sa bouche était couverte de bouillie, ses yeux révulsés semblaient s'accrocher au plafond. Je sentis au plus profond de moi une réaction de dégoût. J'essayai de me reprendre en luttant contre ce sentiment, mais la répulsion était trop forte.

« Salut, Adrian... lâchai-je du bout des lèvres.

— Il ne te répondra pas, déclara sa mère d'une voix compatissante. Mais il t'a entendu. »

Le grand-père m'adressa un sourire embarrassé, comme pour s'excuser de n'avoir pas pu communiquer avec moi. Sa gêne me toucha. Je lui envoyai en retour un petit signe d'amitié et quittai les lieux en remerciant madame Joyce.

Stephen me raccompagna jusqu'au hangar où j'avais laissé ma mobylette. Des machines agricoles hors d'usage avaient été abandonnées dans ce lieu lugubre.

« Tu ne m'avais pas dit que tu avais un frère, fis-je remarquer.

— Il y a trois ans, Adrian a été placé dans une institution spécialisée. Son retour à la maison est récent. Mes parents aimeraient le garder auprès d'eux plus longtemps. »

Son regard se perdit dans des pensées que je devinais. Ça ne devait pas être facile de vivre auprès d'un frère qui monopolisait toute l'attention de ses parents.

« À demain ! lui dis-je.

— À demain. J'espère que ta mâchoire te fera moins mal. Saleté de Maggie ! Si quelqu'un pouvait lui donner une bonne leçon !

— Je n'ai pas dit mon dernier mot. »

Stephen me dévisagea d'un air perplexe.

« Ils sont toute une bande. On ne peut rien contre eux.

— Peut-être. Mais si personne ne réagit, ils vont continuer à terroriser le collège.

— Je te conseille de rester tranquille, me dit Stephen. On n'a plus que trois semaines de cours avant les vacances. »

Je ne répondis pas. Je le remerciai pour son invitation et grimpai sur la mobylette.

« Tchao ! » lança-t-il en disparaissant derrière la porte du hangar.

J'allai démarrer lorsqu'une masse sombre, suspendue à une poutre, attira mon attention. Son aspect était celui d'un vieux sac en toile de jute qu'on aurait ficelé après l'avoir rempli. Il était suspendu par un fil et se balançait lentement. Aucun souffle de vent ne traversait le hangar. Qui avait pu mettre ce sac en mouvement ? Intrigué, je descendis de la mobylette et m'avançai.

Ce n'est pas un sac, me dis-je. Ça ressemble à… un énorme cocon !

Je n'eus pas le temps de réfléchir davantage. L'objet chuta brusquement sur moi et me plaqua au sol. Sonné, je redressai la tête et découvris avec stupeur un être difforme de la taille d'un nain. Il se dégageait comme il pouvait du cocon brunâtre et gluant. Avec ses yeux boursouflés et son nez couvert de verrues, il ressemblait à un gnome. Dès qu'il me vit, il fila par un trou du hangar. Je restai pétrifié. Tout s'était déroulé si vite ! D'où sortait cette créature ?

« Qu'est-ce qui se passe ? » surgit soudain Stephen.

Je me relevai, le dos couvert de poussière.

« Euh… j'ai glissé. »

Mon ami avança sans le savoir juste à l'endroit où avait chuté le gnome. Des débris du cocon jonchaient encore le sol. À ma grande stupeur, ses pieds traversèrent l'enveloppe visqueuse sans la déplacer, comme si elle n'avait pour lui aucune matérialité.

« Stephen… murmurai-je.

— Quoi ?

— Sous tes pieds, tu ne vois rien ? »

Il inclina la tête et eut une moue sceptique.

« Non, pourquoi ?

— Tu ne vois vraiment rien ?

— Non ! Qu'est-ce que tu as ? Ça ne va pas ? »

Il s'approcha et observa mon regard.

« Dis donc… Tu m'as l'air de plus en plus bizarre. Ce sale coup à la tête t'a brouillé les neurones. Je vais demander à ma mère de te raccompagner.

— Non, non ! ripostai-je. Ça va beaucoup mieux. »

J'avançai et poussai du pied le cocon jonchant le sol. Je pouvais le toucher et le déplacer.

« Pour toi, il n'y a vraiment rien au bout de ma chaussure », insistai-je.

Stephen observa à nouveau le sol.

« Je ne vois que de la terre battue », répondit-il en haussant les épaules.

Sidéré, je laissai le cocon et quittai mon ami.

chapitre 4

Je rejoignis à toute allure le centre-ville de Clifden, agrippé au guidon de ma mobylette. La découverte du gnome dans le hangar était la preuve que je pouvais désormais voir des esprits invisibles. J'avais retrouvé ma vision surnaturelle ! C'est au carrefour du marché, alors que les vendeurs remballaient leurs marchandises, qu'un choc violent me fit voltiger, m'expédiant dans une montagne de cagettes. La mobylette finit sa course contre le mur de la poste. Aussitôt, une dizaine de personnes m'entourèrent et s'inquiétèrent de mon sort. Je réussis à me redresser, mais je sentis de grosses douleurs dans le dos. Il ne manquait plus que ça. Après ma mâchoire tuméfiée…

« Comment vas-tu, mon garçon ? demanda un passant.

— Ça peut aller.

— Tu es passé par-dessus ta mobylette. Mais je ne comprends pas, tu n'as pourtant rien heurté.

— Rien heurté ?

— Absolument rien ! C'est comme si tu t'étais cogné contre un mur invisible. »

Il se trompe, pensai-je. J'ai dû percuter quelque chose.

Tandis qu'on relevait ma mobylette, je me retournai et examinai, à distance, les étals des maraîchers. Cachées derrière une bâche, deux petites têtes lumineuses m'épiaient.

Des esprits, me dis-je. Ce sont des esprits !

D'autres créatures bleu-vert, dotées d'ailes et pas plus hautes que les étals des marchands, se faufilaient dans les allées. Leurs silhouettes étaient fines et sveltes. Personne ne les remarquait. Ou plutôt, personne ne les voyait. Certaines s'envolaient au-dessus des toits, emportant avec elles ce qui semblait être des fruits mais qui était en réalité le corps éthérique de fraises, tomates et autres comestibles dormant dans les cagettes.

Si je peux les voir, je peux aussi les heurter, pensai-je.

Je rejoignis lentement le milieu de la rue et jetai un coup d'œil aux alentours.

« Ça va, petit ? m'interpella une femme. Tu veux qu'on te ramène chez toi ?

— Euh… non merci, ça ira. J'ai juste perdu quelque chose.

— Alors, ne reste pas au milieu de la route ! Tu vas finir par te faire écraser. »

Trois coups de Klaxon vinrent appuyer son conseil. Je décidai de rejoindre le trottoir et remarquai une silhouette de la taille d'un chat, étendue dans le caniveau. Un esprit ! C'était une créature tremblante, aux paupières closes. Une tache sombre au niveau de sa poitrine trahissait un hématome.

C'est sûrement elle que j'ai heurtée, me dis-je.

Ses ailes étaient délicates comme celles des libellules. Sa tête était fine et son visage avait les traits d'un enfant aux pommettes saillantes. Ses cheveux flottaient comme de longues algues dans le courant du caniveau. Soudain, sa couleur s'assombrit. Une idée funeste me vint : et si elle était en train de mourir ?

Non… ce n'est pas possible. Les esprits sont immortels. Elle est seulement choquée ou assommée.

Je me baissai et posai mon oreille à l'emplacement de son cœur. À ma grande surprise, j'entendis des battements.

Si elle possède un cœur, alors elle peut s'éteindre !

À peine avais-je émis cette pensée que les yeux de la créature s'ouvrirent. Ses pupilles étaient d'un vert profond. Elle desserra faiblement les lèvres et murmura : « Emmène-moi… », avant de s'évanouir à nouveau.

Les passants firent une drôle de tête en me voyant traverser la rue, les bras repliés contre mon abdomen. L'esprit était léger comme une plume d'oiseau. J'entendis :

« Il faut emmener ce garçon chez un médecin. Regardez-le ! Il se tient le ventre. »

Je ne leur laissai pas le temps de réagir. Je blottis la petite créature à l'intérieur de mon blouson, grimpai sur ma mobylette et m'éloignai à toute vitesse du centre-ville.

À la sortie de Clifden, je m'engageai dans le premier sentier et m'arrêtai derrière un buisson. L'esprit était toujours inconscient. Je fermai les yeux, écartai les bras et prononçai le nom d'Anga en pensant très fort à ma bien-aimée. Une brume verte, légère, se condensa en volutes, à deux mètres de moi. Les sons d'une harpe parvinrent à mes oreilles. Puis, d'un coup, sans que rien ne l'annonce, le brouillard disparut, laissant place à la silhouette de Fiona.

« Que puis-je pour toi ? demanda-t-elle.

— Fiona… j'ai percuté une créature en roulant. Je ne savais pas…

— … que les esprits pouvaient être victimes d'accidents ? me coupa-t-elle. Tu peux désormais interagir avec le monde invisible, William.

— Il faut faire quelque chose. Je ne peux pas la laisser dans cet état ! »

Elle se pencha sur la créature et écouta son corps.

« Ses fonctions vitales ont été touchées. C'est grave.

— Alors… Elle peut mourir ?

— Elle peut disparaître de notre univers, quitter la Terre et rejoindre d'autres horizons.

Mais elle n'est pas vraiment prête pour ce voyage. Veux-tu l'aider à s'en sortir ?

— Oui !

— Alors, je ne vois qu'une solution : l'emmener dans un lieu où elle pourra être soignée. Continue sur la route de Moyard, jusqu'au premier chêne que tu rencontreras. Emprunte ensuite le chemin qui apparaîtra.

— Le chemin qui apparaîtra ? Comment ça ?

— Je ne peux pas t'en dire plus, William. Pars ! Dépêche-toi ! »

Une brume enveloppa à nouveau la silhouette et Fiona disparut.

Je luttais comme je le pouvais contre le vent frais qui cinglait mon visage. Je devais éviter les trous de la route car, à chaque secousse, la petite créature gémissait. Je la voyais trembler par l'ouverture de mon blouson. Elle ne me quittait pas du regard. Minute après minute, la vie semblait abandonner son corps. Ses couleurs claires s'assombrissaient et prenaient la teinte foncée du cœur blessé.

Dans un virage, je manquais de percuter un agneau qui tétait tranquillement sa mère sur la chaussée. Les moutons sont partout chez eux dans le Connemara ! Ils sont couchés sur la route et vous regardent passer sans frissonner. Je fis une embardée et réussis à redresser in extremis la trajectoire de la mobylette. Après cinq minutes, j'atteignis un plateau rugueux et désertique.

La lande, brusquement, se couvrit d'un épais brouillard. Je n'avais encore jamais observé un phénomène pareil. La brume se déplaçait lentement, en silence, se rapprochant de la route comme si elle cherchait à m'atteindre. Je pensai un instant qu'il pouvait s'agir d'une fumée provenant d'un feu de tourbe, mais l'odeur âcre dégagée par ce type de foyer était absente. Je me souvins soudain des paroles de Fiona :

Les esprits du Connemara savent que tu es revenu… ils te surveilleront à chaque instant.

Je stoppai aussitôt la mobylette et observai la nappe de brouillard. La petite créature ouvrit lentement ses paupières, comme si elle avait perçu mon angoisse. Elle plongea ses yeux dans les miens.

« Je t'en supplie… murmura-t-elle. Dépêche-toi ! Roule jusqu'au chêne ! »

Sa voix était de plus en plus faible. Sans réfléchir davantage, je remis les gaz, espérant trouver l'arbre avant que la brume nous rejoigne. Mais la nappe blanche rampait sur la lande, plus rapide que moi. J'entendis soudain ces paroles lancinantes provenant du brouillard :

« Tu ne m'échapperas pas, William… Tu ne m'échapperas pas…

— N'écoute pas, me dit la petite créature. Roule… Roule ! »

Des bêlements de moutons se firent entendre. À quelques dizaines de mètres de la chaussée, des bêtes fuyaient devant la brume. Le pied de l'une d'elles était prisonnier de l'épais brouillard. L'animal se débattait et essayait de se dégager… en vain. Le mouton bêlait de douleur, tandis que le reste du troupeau déguerpissait. Je vis la bête disparaître dans la nappe meurtrière, attirée par des mains invisibles. Puis plus rien. Plus une plainte. Je tremblai de tout mon corps.

Lorsque la brume s'écarta, j'aperçus le squelette de l'animal, rongé jusqu'à l'os. Toute la chair avait disparu, comme si le mouton avait été découpé et dévoré par des lames acérées.

« Pas ça ! balbutiai-je. Je ne veux pas finir comme ça ! »

Je tentai tout ce que je pus pour me métamorphoser en aigle. J'implorai les Tuatha Dé Danann, je suppliai Fiona... Mais tous ces appels se perdirent dans le vide.

« Où est le chêne ? s'inquiétait la petite créature. Où est le chêne ? »

Je me concentrai et invoquai un pouvoir que j'avais déjà utilisé avec succès : la vue perçante. Aussitôt, mon regard distingua les moindres détails de la nature. À plusieurs centaines de mètres devant moi, je devinai un chêne. Mais aucun chemin ne s'écartait de la route.

« C'est fini... murmurai-je, abattu.

— Ne te décourage pas, répétait la petite créature. Avance ! »

Je remis les gaz à fond. Le brouillard gagnait encore du terrain. Il n'était plus qu'à une vingtaine de mètres. Je sentis des petites piqûres sur mon visage au moment où j'atteignais l'arbre.

« Tourne devant lui, m'indiqua l'esprit. Et fonce ! »

J'exécutai ses ordres sans me poser de questions et vis un chemin apparaître au moment où la mobylette s'engageait sur la lande. Le sentier se déroulait devant moi comme un tapis de cérémonie. Je ne voulais pas me retourner, seulement rouler le plus vite possible pour échapper à la mort.

Alors que je parvenais au pied d'un des douze sommets des Twelve Pins, le sentier stoppa net, sans prévenir. La mobylette heurta une bosse. Je m'envolai par-dessus le guidon et atterris sur un tapis de végétation. Bien qu'amortie, cette nouvelle chute réveilla mes douleurs dans le dos. Je me relevai et vérifiai que le petit esprit n'avait pas quitté mon blouson. Le brouillard, lui, nous encerclait. Nous étions pris au piège.

« Il va nous déchiqueter, bredouillai-je, paralysé.

— Là-bas ! » réagit la créature en tendant son doigt vers les hauteurs.

Ma vue perçante s'accrocha à un rocher situé sur le flanc de la montagne. Je rassemblai mes dernières forces et entamai l'escalade du versant. La brume qui nous cernait était prête à nous happer. J'entendis :

« Ta vie m'appartient, William. Je t'écorcherai

comme ce vulgaire mouton, à moins que tu ne me révèles où se trouve l'Émeraude. »

Je grimpai à toute allure, cherchant la moindre prise. Mais la brume se rapprochait.

« Ta vie m'appartient, répétait la voix.

— Laissez-moi ! hurlai-je. Laissez-moi ! »

La nappe s'apprêtait à m'engloutir lorsque un trou se dévoila à la base du rocher. Je plongeai la tête la première et disparus dans la brèche.

chapitre 5

J'attendis, blotti dans la semi-obscurité, le corps endolori. La petite créature tremblotait, étendue sur mes genoux. Nous avions glissé sur une vingtaine de mètres avant de nous immobiliser. Les menaces de la brume parvenaient encore distinctement à mes oreilles. Le brouillard allait s'infiltrer dans la grotte. Il allait nous dévorer ! Alors que tout semblait perdu, un courant d'air jaillit du ventre de la montagne et repoussa avec force les nappes meurtrières. Que s'était-il passé ? Je sortis ma minuscule lampe de poche, l'allumai et découvris le lieu qui nous avait permis d'échapper à une mort terrible. Il s'agissait d'un boyau souterrain de moins d'un mètre de haut, légèrement en pente, qui s'élargissait en s'enfonçant dans la montagne. Je suivis le couloir à quatre pattes, l'esprit contre moi, et aboutis à un promontoire surplombant un gouffre si gigantesque qu'on aurait pu y bâtir une cathédrale. Des stalactites aux dimensions cyclopéennes plongeaient dans les profondeurs. Des orgues minéraux se déployaient en cascades le long des parois. Je restai bouche bée pendant de longues secondes… jusqu'à ce que la chute d'une pierre trahisse une présence. Mon cœur s'arrêta de battre.

« C'est lui… me dit la petite créature. Attention, c'est lui ! »

Épuisée par ses efforts, elle s'évanouit. Je pointai mon faisceau lumineux en balayant les parois de la grotte et entrevis une ombre. Pris de panique, je me relevai d'un coup et me cognai la tête contre une stalactite. Je retombai comme une masse sur le sol.

L'ombre était là. Elle s'approchait ! Je poussai un cri terrible, repris par les colonnes du gouffre. Au même moment, un corps immense se dressa, vêtu de peaux de bête. Un géant sans tête ! Je restai pétrifié. Le monstre tenait dans sa main un objet phosphorescent, jaune verdâtre, avec deux yeux plissés, un nez cabossé et une bouche toute fripée. C'était sa tête ! Son cou était inexistant et ses cheveux sombres, crasseux, pendaient dans le vide. Il brandit un poing pour me frapper.

« Nooonnn ! criai-je en levant le bras pour me protéger. J'apporte un esprit ! »

Le géant suspendit son geste.

« Il est blessé, continuai-je, prostré. Il m'a conduit jusqu'ici avant de s'évanouir. Nous avons échappé à une brume maléfique et…

— Tais-toi ! ordonna la tête. Je sais bien que vous avez échappé au Vieux Désossé.

— Le Vieux Désossé ?

— Surtout, ne me remercie pas… »

La tête gonfla ses joues et souffla si fort que je dus m'agripper à un rocher, la petite créature contre moi, pour éviter d'être emporté.

« À ma naissance, la Nature m'a accordé un don que je suis le seul à posséder, clama fièrement le géant. Par mon souffle, je disperse la moindre brume, le moindre brouillard. Le Vieux Désossé ne peut rien contre moi ! Et ce ne sont pas ses armées de harpies, ces guerrières aux lames acérées qui changeront quoi que ce soit.

— Alors…

— Alors… C'est grâce à moi si tu es en vie. Qu'est-ce que tu croyais ? Que tu t'en étais sorti tout seul ? »

Le monstre poussa un rire effroyable. Sa bouche grande ouverte laissa apparaître des dents jaunes, jamais nettoyées. Sa mâchoire inférieure ressemblait à un alignement de menhirs chamboulé après un tremblement de terre.

« Apporte-moi cette créature ! »

Je lui tendis délicatement l'esprit, en évitant de croiser son regard ténébreux. En silence, le géant posa sa tête sur le sol, juste devant lui. Il prit la blessée et l'étendit devant ses lèvres.

« Je suis Crom Dubh, fils d'Eriu[1], déclara-t-il d'un ton solennel.

— Crom… Dubh », répétai-je en levant prudemment les yeux.

Il souffla sur la créature, qui reprit presque aussitôt des couleurs.

« Qu'est-ce que tu as à me regarder ? grogna-

1. Eriu est une personnification de la terre d'Irlande. Son nom apparaît à différentes époques du peuplement de l'île et on la retrouve dans le nom gaélique officiel de la République d'Irlande : Eire.

t-il. Ma tête ne te plaît pas ? Je ne te retiens pas ! Va rejoindre le Vieux Désossé, si tu n'es pas content !

— Moi ? Pas du tout… Je suis très bien ici, monsieur… Cromd…

— Crom Dubh ! brailla-t-il en postillonnant. Il faudra que je te le répète combien de fois ? »

Il saisit sa tête phosphorescente et la souleva devant mon nez. Je remarquai ses yeux humides, aux cernes lourds.

« Ton amie est sauvée, déclara-t-il. Elle va reprendre connaissance. Toi, qui es-tu ?

— Je m'appelle William. Je suis un guerrier Dé Danann.

— Un Dé Danann ? Impossible… Tu as la cervelle d'un humain de douze ans ! »

Piqué au vif, je rétorquai :

« Et vous ! Avec votre tête portative, vous ressemblez à un bilboquet ! »

J'aurais dû me taire car Crom Dubh faillit s'étrangler. Visiblement, on ne lui avait pas parlé sur ce ton depuis un bout de temps. Il tint sa tête d'une main et, de l'autre, cogna de toutes ses forces contre le sol.

« Excuse-toi immédiatement ou je te chasse

de ma grotte ! Tu riras moins quand le Vieux Désossé t'écorchera vif, et quand ses harpies rongeront ton corps jusqu'aux os ! »

Je déglutis et baissai les yeux.

« D'accord… Excusez-moi… Mais vous n'aviez pas besoin de vous moquer de moi en disant que j'avais la cervelle d'un humain de douze ans.

— Bon, ça va, gronda Crom Dubh. Oublions ça. Tu es jeune et tu as beaucoup à apprendre. »

Il souffla une dernière fois sur le corps de la petite créature, ravivant un peu plus la flamme de son cœur.

« Pourquoi… votre tête est-elle séparée de votre corps ? risquai-je.

— Pourquoi ? Tout simplement parce que j'étais une teigne quand j'avais ton âge. J'ai voulu prouver à mon père que j'étais le plus puissant des guerriers. Alors, j'ai provoqué un dragon en duel.

— Un dragon ?

— Oui, un dragon. C'était bien avant que ton peuple accoste sur l'île. J'ai réussi à le tuer en lui perforant le cœur mais, juste avant de rendre l'âme, le monstre m'a coupé la tête d'un coup de queue. Quand il m'a vu revenir avec mon crâne sous le bras, mon père m'a renié. Il ne voulait pas qu'un estropié lui succède sur son trône. À cause de lui, j'ai erré sur la lande comme un damné, fouetté par le vent, mordu par le gel, brûlé par le soleil. »

Il se dressa sur ses jambes et se baissa pour ramasser sa tête. Quel spectacle étrange… Je me levai à mon tour et réalisai que je lui arrivais à la hauteur du nombril. Ça tombait bien, car il tenait son crâne à ce niveau.

« Cette vie terrible m'a endurci, continua-t-il. Pour me venger, j'ai combattu tous les monstres vivant sur l'île. Aucun n'a résisté à mon souffle déclencheur de tornade. Je les ai achevés sans pitié.

— Et maintenant ? Que faites-vous ?

— Ce que je fais ? répondit-il en poussant un rire effrayant. Certains m'appellent le Dullahan, le messager de la mort. »

Il tira sur une colonne vertébrale humaine coincée dans sa ceinture et me la tendit. Je fis un pas en arrière, terrorisé.

« Voici mon fouet. Il y a encore quelques décennies, je parcourais la lande sur mon cheval et je criais le nom de ceux qui allaient mourir. Je prenais mon rôle à cœur : j'accompagnais les âmes dans l'autre monde. Mais ça n'a pas duré. Aujourd'hui, je ne sers plus à rien. Les humains se cachent pour mourir. Ils expirent neuf fois sur dix dans ce qu'ils appellent des hôpitaux. Que veux-tu que j'aille faire dans ces cabanes à lapins ? Alors je reste dans ma grotte. Mon cheval m'a quitté. Il doit errer quelque part entre Galway et Clifden. Je l'entends encore hennir quelques nuits. »

Le visage de Crom Dubh devint moins repoussant. Une vague de nostalgie inonda ses yeux phosphorescents. Il posa sur moi un regard intrigué et demanda, d'une voix triste :

« Que se passe-t-il, aujourd'hui, en Irlande ? Les hommes ont tout détruit ?

— Tout détruit ? Non ! Il reste encore des territoires sauvages. »

Les yeux du géant se plissèrent comme pour mieux m'examiner.

« Tu as vraiment des airs humains. Tu es certain d'être un Dé Danann ?

— J'ai été précipité dans le monde des hommes après avoir été tué par un guerrier de ma tribu. J'essaie de retrouver mes pouvoirs. Malheureusement, il est interdit aux Dé Danann de s'entraider.

— Tu as porté cet esprit jusqu'ici. Tu as donc acquis la vision de l'Invisible, réfléchit Crom Dubh.

— Oui, mais c'est seulement depuis aujourd'hui. J'ai vu aussi un lutin tomber d'une espèce de cocon.

— Un cocon ?

— Oui, c'était étrange. Il a fui quand il m'a vu.

— Tu as eu de la chance, déclara Crom Dubh.

— De la chance ?

— Ces lutins sont ceux de la pire espèce. Ils sont comme les chats : ils jouent avec leurs proies avant de les écorcher.

— Avant de les écorcher… répétai-je, terrifié.

— Seulement s'ils sont en bande ! me rassura Crom Dubh. On les appelle les "lépréchauns maléfiques", parce qu'ils ont pactisé avec le Vieux Désossé. Celui qui t'a surpris dans la grange a sûrement prévenu le Maître des Brumes, qui t'a ensuite tendu un piège.

— Comment vais-je les affronter ? Je suis seul et…

— Ça peut s'arranger, m'interrompit Crom Dubh.

— S'arranger ?

— Je ne suis pas un Dé Danann. »

Je l'observai, bouche bée.

« Alors… Vous voulez dire que…

— Que je peux t'aider. »

Méfiant, je demandai :

« Pourquoi feriez-vous ça pour moi ? »

Sa grosse main droite désigna l'esprit endormi et sa tête déclara :

« Si tu as été capable de risquer ta vie pour sauver cette créature, alors tu mérites qu'on s'occupe de toi. Quand dois-tu repartir ? »

Je regardai ma montre et répondis :

« Maintenant.

— Je te propose de m'emmener avec toi. Mais je dois t'avertir d'une chose : contrairement à la majorité des esprits, je ne peux pas me soustraire aux regards des humains. C'est d'ailleurs une des raisons pour lesquelles je ne quitte pas cette grotte. »

Je sursautai.

« Comment voulez-vous que je vous cache ? Avec votre taille, c'est impossible !

— Très bien, fit-il. Alors, débrouille-toi sans moi. »

Il se retourna, m'abandonnant dans l'obscurité.

« Attendez ! Essayez de me comprendre ! Vous êtes trop grand ! Je ne pourrai jamais vous cacher ! »

La tête du géant précisa :

« Je peux laisser mon corps ici, si tu veux. N'emmène que moi. Le reste attendra là. »

Je fixai ses yeux et sentis un frisson parcourir tout mon corps.

« Alors ? Qu'attends-tu ? Prends-moi !

— C'est-à-dire... que...

— N'aie pas peur ! Je ne vais pas te mordre. »

Je tendis les bras sans grand enthousiasme et le géant déposa sa tête entre mes mains. Elle était lourde et chaude. Je n'osai plus bouger. Je sentais sa peau rugueuse sous mes doigts.

« Tu vois, dit-il. Ce n'est pas si terrible que ça. Tu es trop contracté. Détends-toi. »

Je relâchai peu à peu mes muscles et déplaçai une main pour être plus à l'aise. Ce que j'appréhendais le plus était ce que je pouvais trouver à la base du crâne. Un amas de chair ? Des muscles sanguinolents ? La réalité fut beaucoup moins écœurante. Je découvris une peau bien tendue reliant la base des cheveux au menton.

« Rassuré ? me demanda Crom Dubh avec un haussement de sourcils.

— Oui. Si on veut… »

chapitre 6

Je retrouvai la mobylette à l'endroit où je l'avais laissée. Sa peinture avait disparu. Le métal était couvert de striures, comme si mille lames tranchantes l'avaient lacéré. Je réussis à la démarrer et suivis le chemin jusqu'à la route. Derrière moi, le sentier disparaissait instantanément. Le seul moyen que je trouvai pour transporter la tête de Crom Dubh fut un sac en plastique que je perçai de plusieurs trous afin que l'air puisse s'infiltrer. La petite créature, elle, prolongeait son sommeil entre mon ventre et mon blouson. Sa lumière s'était ravivée après les soins du géant.

« Quelle est cette machine qui fait plus de

bruit qu'une avalanche de pierres ! pesta Crom Dubh.

— C'est une mobylette ! » répondis-je.

Ma main droite serrait les anses du sac avec la poignée du guidon. La tête du géant se balançait continuellement, ce qui énervait considérablement mon passager.

« Je commence à en avoir assez d'être secoué, hurlait-il. Quand arrivons-nous ?

— Bientôt... bientôt », répétais-je pour le calmer.

Le brouillard ne s'était pas levé sur le chemin du retour, comme si le Vieux Désossé, craignant le souffle du géant, avait renoncé à se manifester. Au loin, les pics des Twelve Pins avaient la tête dans les nuages. Des torrents dévalaient les versants, pressés de rejoindre les lacs. Un rideau de pluie accrochant les rayons du soleil se déplaçait lentement dans la vallée.

Nous le franchîmes en quelques secondes. À l'intérieur du sac, la tête de Crom Dubh poussa un râle de protestation.

« Je déteste l'eau, grommelait-elle. Toutes ces gouttes qui glissent sur ma peau... c'est insupportable ! »

Je m'arrêtai sur le bas-côté et l'épongeai minutieusement.

« Comme cela, ça va mieux ?

— Ça ira, dit la tête en grognant encore un peu. Je n'aime pas dépendre des mains des autres. Il va falloir que je m'y fasse. »

Nous arrivâmes à la maison de Moyard vers dix-sept heures trente. Mes parents rentrant vers dix-huit heures, il me restait à peine une demi-heure pour installer le petit esprit confortablement sur un oreiller et dissimuler la tête de Crom Dubh.

« Où voulez-vous que je vous cache ? lui demandai-je.

— Essaie dans l'armoire. »

J'écartai des affaires et déposai la tête derrière une pile de chemises.

« Je vais mourir de chaleur ! protesta-t-elle. Trouve autre chose ! »

Je la repris et la déposai sous le lit.

« Pouahh ! fit-elle. Tu veux que j'étouffe au milieu de cette poussière ?

— Je n'ai pas d'autres cachettes, répondis-je, navré.

— Et cette étagère ! s'exclama-t-elle en désignant, d'un haussement de sourcils, les rayons sur lesquels je rangeais mes livres.

— Là ? Mais mes parents vont vous voir !

— Tu n'auras qu'à leur expliquer que je suis une tête en plastique.

— Crom Dubh ! Dès qu'ils vous toucheront, ils… »

Au même moment, une porte claqua dans la salle à manger.

« William ? cria ma mère. Tu es là ? »

Mes parents ! Affolé, je répondis :

« Oui, j'arrive ! »

Je posai la tête sur l'étagère, comme elle me l'avait conseillé, et sortis précipitamment de la chambre.

« Tu as un sacré bleu à la mâchoire ! s'écria ma mère en découvrant mon visage. Dans quel état tu t'es mis ! Tu as mal ?

— Un peu », répondis-je en tenant mon menton.

Au même moment, mon père entra dans la maison.

« Tu t'es bien esquinté ! » lâcha-t-il à son tour.

Je le trouvai toujours aussi étrange avec sa

barbe touffue. Il l'avait laissée pousser pour ne pas être reconnu par les trafiquants de pierres précieuses.

« Je viens de voir la mobylette, ajouta-t-il. Toute la peinture est partie. Ne me dis pas que c'est à cause de ta chute !

— Je voulais la changer, mentis-je. Alors, j'ai gratté l'ancienne couche.

— N'oublie pas que tu as du travail en retard à l'école, insista ma mère. Ne te disperse pas ! »

Si elle savait combien les cours m'importaient peu !

Elle veut que je reste le garçon studieux et réservé que j'étais avant que je prenne conscience de ma véritable identité, me dis-je. Comment lui expliquer qui je suis sans trahir la loi du silence des Tuatha Dé Danann ?

« Toute une journée à déblayer les ruines calcinées du refuge ! soupira ma mère en s'affalant sur le canapé. Et j'ai l'impression qu'on n'a pas avancé ! Le tractopelle a chargé dix fois le camion et il reste encore une montagne de débris.

— On n'aura pas fini avant plusieurs jours », ajouta mon père.

Mes parents s'étaient donné pour objectif de

restaurer le refuge afin de permettre à Fiona de s'y réinstaller.

« William, lança mon père. Suis-moi. J'ai une surprise. »

Nous sortîmes de la maison et marchâmes jusqu'à la voiture. Il ouvrit le coffre et extirpa une pièce de toile qu'il déplia. Un objet étincelant apparut.

« Un bracelet en or ! m'exclamai-je, émerveillé.

— Il s'agit d'un bracelet de force ayant probablement appartenu à un guerrier Dé Danann. Nous l'avons trouvé dans une cache, sous les débris de la maison. Fiona l'avait mis en lieu sûr. Regarde bien, ajouta mon père en tendant l'objet devant mon visage. Il est constitué de trois anneaux enroulés sur eux-mêmes. Pas de gravures, ni de ciselures. Juste de l'or remarquablement travaillé. »

Il serra le bracelet dans ses mains et inspira profondément.

« Il dégage une force incroyable », lâcha-t-il.

Mon père était né dans le Connemara et faisait corps avec tous ses mystères. J'aurais voulu partager avec lui le secret de ma véritable identité, lui parler des êtres de l'Invisible que désormais je pouvais voir. J'étais persuadé qu'après un instant de stupeur, il aurait écouté mes révélations. Qu'aurait-il pensé de Crom Dubh ? De la folie meurtrière du Vieux Désossé ? Il m'aurait aidé, à coup sûr… J'étais prêt à tout lui dire, mais mon élan fut brisé.

La Loi… la Loi ! entendis-je avec insistance en moi. Tu dois respecter la Loi et cacher à ton père ta véritable nature, ou perdre à jamais le chemin du retour vers les Gens de la Déesse Dana.

Mon père posa l'objet dans ma main droite. Je ressentis à mon tour une puissante énergie traverser mon bras. Au même moment, un cri terrible déchira le silence. La porte de la maison s'ouvrit et ma mère surgit, paniquée.

« Que t'arrive-t-il ? s'inquiéta mon père.

— Dans la chambre de William ! J'ai vu… »

Mon sang se glaça. Ma mère avait découvert Crom Dubh !

« Tu as vu quoi ? insista mon père.

— Une tête ! Une tête horrible. Elle me regardait et… »

Avant que je réagisse, mon père détala vers la maison. Il allait découvrir, lui aussi, le crâne hideux. Je serais démasqué ! À ma grande surprise, un rire stupéfiant retentit dans ma chambre. Mon père ouvrit la fenêtre et tendit, par les cheveux, la tête du géant. Le spectacle était morbide.

« Une tête en plastique ! s'esclaffa-t-il. Elisabeth ! Tu n'as rien à craindre. »

J'étais sidéré. Crom Dubh pouvait donc changer de consistance ?

« Où as-tu trouvé ça, William ? demanda ma mère.

— Euh… Je l'ai échangée au collège. »

Elle passa sa main droite dans ses longs cheveux châtains et soupira :

« Tu as vraiment besoin d'une horreur pareille ?

— Oui… mentis-je. C'est pour le prochain Halloween. »

Mon père replaça la tête de Crom Dubh sur l'étagère et tout rentra dans l'ordre. Le bracelet en or, lui, fut déposé sur la grande table en chêne du salon.

« Fiona pourrait sûrement nous en dire plus sur ses origines, déclara ma mère. Peut-être lui appartient-il ?

— En tout cas, c'est une belle pièce », s'exclama mon père.

Et si ce bracelet m'avait appartenu ? me dis-je. S'il avait attendu pendant des siècles mon retour parmi mon peuple ? Fiona l'a peut-être dissimulé pour que j'en prenne possession le jour venu.

« Celui ou celle qui le possédait devait sûrement avoir une fonction importante », réfléchit ma mère.

Mes parents enfermèrent l'objet dans un coffre qu'ils verrouillèrent soigneusement. Tandis qu'ils s'affairaient dans la cuisine, je quittai le salon, fis irruption dans ma chambre et refermai la porte derrière moi. La tête de Crom Dubh était là. Mon père l'avait reposée sur l'étagère. Je m'approchai et la touchai du bout des doigts. Elle était bien en plastique.

« Crom Dubh… » murmurai-je.

Ses lèvres s'entrouvrirent lentement et me confièrent :

« Reviens après le dîner. La première leçon est pour ce soir. »

Allongée sur mon oreiller, la petite créature était encore endormie.

Juste avant de rejoindre le salon, je m'introduisis discrètement dans la chambre de mes parents. Je savais qu'ils détenaient un livre répertoriant les êtres de l'Invisible. Mon père me l'avait montré plusieurs fois. Le Vieux Désossé y était peut-être mentionné ? J'entrai en silence et trouvai l'ouvrage parmi une dizaine d'autres sur une étagère murale. Il s'intitulait : *Le Grand Guide des Esprits Irlandais*. Je l'ouvris et lus au mot « Brume » :

« *Aucune des créatures appartenant au monde des esprits n'est plus mystérieuse et plus sinistre que le Vieux Désossé. Il a l'apparence d'un vieillard au regard maléfique et se déplace toujours entouré d'un épais brouillard. Son manteau de brume est constitué d'une nuée de harpies redoutables. Certains prétendent que son visage effrayant peut grandir jusqu'à atteindre la cime des arbres. Quoiqu'il habite surtout les régions côtières, on le trouve aussi à l'intérieur des terres dans les vallées profondes et marécageuses. On le craint tant dans certains endroits, que des chemins lui sont réservés pour qu'il puisse se déplacer sans importuner les humains.* »

« C'est lui, me dis-je. Il m'a découvert et croit que je peux lui révéler l'emplacement de l'Émeraude. »

Je ne voulus pas fermer le livre avant de vérifier si les noms de Crom Dubh et des lépréchauns y figuraient. Je ne fus pas déçu. Le géant était bien répertorié comme « messager de la mort ».

Le dîner consista en lasagnes aux légumes et au fromage. Mes douleurs à la mâchoire se réveillèrent dès les premières bouchées, mais j'avais si faim que je passai outre. Mon père et ma mère ne cessèrent de commenter leur découverte de la journée, évoquant les différents héros de la mythologie celtique.

« Il s'agit peut-être du bracelet de Lug, suggéra ma mère. Ou celui du chef Nuada !

— On ne peut écarter aucune hypothèse, répondit mon père. Seule Fiona pourrait nous révéler qui était son propriétaire.

— J'ai l'impression qu'elle ne se manifestera pas avant longtemps.

— Sois patiente, Elisabeth. Elle nous rejoindra le moment venu. En attendant, nous devons mettre à l'abri tous les objets que nous trouverons. »

Mon esprit était ailleurs. Le souvenir de la

brume me harcelait. Une silhouette s'en dégageait, ressemblant à un corps décharné : celui du Vieux Désossé. Son rire était terrible, ses mains prolongées par de longs doigts armés de griffes. Les bêlements du mouton, surtout, ne cessaient de résonner dans ma tête. Je revoyais la pauvre bête happée par le brouillard, se débattant comme un beau diable. Elle avait été écorchée, rongée jusqu'à l'os. Je tremblais en pensant au supplice auquel j'avais échappé. Comme Fiona me manquait en cet instant !

« Tu ne dis rien, William ? » s'étonna tout à coup ma mère.

Elle m'adressa un sourire compatissant et demanda :

« Tu as encore mal à ta mâchoire ?

— Non… ce n'est pas ça. Je pense à Fiona. J'espère qu'elle a trouvé un lieu sûr où elle ne risque rien. »

chapitre 7

Dès que le dîner fut fini, j'aidai à débarrasser la table et souhaitai une bonne nuit à mes parents. Je n'avais qu'une hâte : retrouver la petite créature et Crom Dubh.

« Dors bien, me dit ma mère. Je t'emmènerai demain matin au collège. N'oublie pas de mettre ton réveil à sept heures. »

Je fermai ma chambre à double tour et allumai ma lampe. Stupeur ! L'esprit ne reposait plus sur l'oreiller.

La tête de Crom Dubh, en revanche, était toujours sur l'étagère. Les yeux clos, elle semblait dormir.

« Crom Dubh ! Réveillez-vous ! L'esprit est parti. »

Aucune réponse. J'examinai attentivement chaque recoin de la chambre, mais ne trouvai aucune trace de la petite créature. Elle avait sans doute traversé les murs pour rejoindre les siens. Je m'assis sur le rebord du lit et éprouvai une impression douloureuse. Ce n'était pas une souffrance physique, mais une souffrance de l'âme, le sentiment qu'une amie venait de m'être arrachée.

« Tu as mangé ? » retentit soudain une voix.

Je me retournai et découvris la tête de Crom Dubh, les yeux grands ouverts.

« Vous auriez voulu que je vous apporte quelque chose ? »

Il s'esclaffa et répondit :

« Pour nourrir quoi ? Mon corps est à des lieues d'ici. Non... Dépose-moi plutôt sur la moquette et assois-toi devant moi. »

Je le pris entre mes mains et constatai qu'il était à nouveau en chair et en os.

« Tu m'as l'air bien triste, dit Crom Dubh une fois sur le sol. Tu as des soucis ?

— La créature est partie.

— Et alors ? Tu devrais être heureux. Elle est guérie !

— J'aurais voulu la voir voler. Et aussi lui parler. »

La tête s'esclaffa. Je demandai :

« Qu'y a-t-il de si drôle ?

— Apporte-moi un livre.

— Un livre ?

— Oui, un livre. »

Je me tournai vers les étagères… et restai pétrifié pendant quelques secondes.

« Ça ne va pas ? » demanda Crom Dubh.

Une lueur jaillissait d'un album de contes. Je saisis doucement le volume et l'ouvris à l'endroit où l'éclat lumineux rayonnait. La petite créature était là, couchée entre deux pages, absorbée par sa lecture. Elle leva la tête et me dit d'une voix coquine :

« C'est décevant. Je pensais que les humains en savaient plus sur les êtres de l'Invisible.

— Bonjour, bredouillai-je. Vous allez mieux ?

— Je me sens encore un peu engourdie, mais c'est normal. »

Elle s'envola et se posa sur le rebord de l'étagère.

« Je m'appelle Dynn. Et toi ?

— William. Je vous ai renversée en mobylette et…

— S'il te plaît, arrête de me vouvoyer. On est du même âge, tous les deux. À moins que tu ne me trouves vieille ?

— Non… pas du tout.

— Je suis un esprit de la Nature qui réside auprès des hommes, dans les villes et les villages. Avant, je veillais sur les bébés des mammifères sauvages. Mais il y en a de moins en moins. Alors, j'ai décidé de m'occuper des animaux des villes : les chats et les chiens, surtout.

— Vous les protégez ?

— J'apaise leurs souffrances et je les réconforte.

— Hum… intervint soudain la tête du géant. Tout ceci est très intéressant, mais je te rappelle, William, que nous avons du travail devant nous. »

J'obtempérai et me tournai vers la petite créature.

« Excuse-moi, Dynn. Mais Crom Dubh est venu spécialement pour me donner un enseignement. »

L'esprit soupira et s'assit, la tête entre ses genoux.

« Ce que j'ai à t'apprendre concerne la maîtrise de tes pouvoirs, débuta le géant.

— Il y arrive déjà bien, fit remarquer Dynn. Il peut voir à distance.

— Qu'il y arrive bien n'est pas suffisant, rétorqua Crom Dubh, très irrité qu'on l'interrompe. Le but de mon enseignement est qu'*il y arrive parfaitement* ! Et dans un domaine très délicat : celui de la transformation.

— Vu sous cet angle », reconnut Dynn.

Elle leva les yeux au plafond et ajouta :

« En tout cas, s'il n'avait pas repéré à distance le chêne et la grotte, je ne serais pas là.

— Mon enseignement est simple, reprit Crom Dubh en feignant d'ignorer la remarque de Dynn. Il a pour but d'infléchir la réalité, quand on le désire, dans la direction de notre choix.

— Infléchir la réalité ? demandai-je. Vous voulez dire : modifier ce qui se passe autour de nous par notre seule volonté ?

— Exactement. Une fois que tu auras parfaitement maîtrisé ta volonté, tu pourras te transformer en aigle, te téléporter, voyager dans l'au-delà… réaliser ce que tu voudras, chaque fois que tu le décideras.

— Mais c'est un pouvoir énorme !

— Je ne te le fais pas dire. Mais attention... Quiconque l'utilise pour nuire à autrui paye à chaque fois un lourd tribut. Les humains promettent la chute de l'âme en enfer. Nous autres, peuples féeriques, préférons parler de rétrogradation dans l'échelle des mondes.

— Il faut rester vigilant, intervint Dynn.

— La valeur d'un être se mesure à sa capacité à se connaître, poursuivit le géant. Tu sais qui tu es, William, depuis que ta mémoire Dé Danann s'est réveillée, mais il te reste à maîtriser la force qui est en toi. »

Crom Dubh entonna un chant guttural. Heureusement que ma chambre était située à l'extrémité du couloir, loin de celle de mes parents ! Lorsqu'il eut fini, il déclara d'une voix grave :

« On t'a sûrement enseigné dans le monde des humains que prier était implorer, voire supplier. Chez nous, il en est autrement. La prière n'est pas une demande, mais une certitude : l'affirmation que ce que nous voulons est déjà acquis.

— Je ne comprends pas ce que vous voulez dire.

— Quand tu désires une chose, ne demande pas que ce souhait se réalise ou que quelqu'un t'aide à le réaliser. Imagine qu'il est DÉJÀ réalisé.

— Et ?

— C'est tout.

— Comment ça, c'est tout ?

— Tu n'as rien d'autre à faire. Juste savoir que ce que tu souhaites est déjà acquis.

— Si c'est vraiment efficace, pourquoi les humains n'utilisent-ils pas cette technique ?

— Pfftt ! Ils doutent de tout ! intervint Dynn. C'est ça qui les empêche d'évoluer. »

La petite créature fit un pas de danse sur l'étagère, illuminant un mur de la chambre.

« Moi, je ne doute pas, fredonna-t-elle. Ça me rendrait lourde et ce serait mauvais pour ma santé. »

Crom Dubh attendit qu'elle cesse de gesticuler et reprit la parole :

« Vous autres Dé Danann, avez toujours foi en vos pouvoirs. Vous entretenez cette assurance comme un feu précieux depuis des millénaires. Cette force préservée dans ta tribu, tu l'as en toi, William. Relie-toi à elle et ta volonté agira sans limite.

— Si je comprends bien, il suffit que j'imagine qu'un objet décolle pour qu'il s'envole pour de bon ?

— Essaie ! »

Je me redressai et me postai devant mon cartable rempli de cahiers et de livres. Je fermai les yeux et visualisai le sac en train de s'élever. Après cet intense effort de concentration, je rouvris les paupières pour constater, dépité, que le cartable n'avait pas bougé.

« Ce n'est pas encore ça, me dit Crom Dubh. Tu dois imaginer que le sac s'envole et l'affirmer avec force.

— Mais… c'est ce que j'ai fait.

— Alors, que fait le cartable par terre ? » demanda-t-il en fronçant ses gros sourcils.

Il réfléchit et ajouta :

« Recommence avec ce stylo au lieu de t'attaquer tout de suite à une masse trop importante. »

Je fermai les yeux et répétai l'exercice. J'entendis tout d'un coup la chute d'un objet. J'ouvris les paupières et découvris le stylo au pied de mon lit.

« Bravo ! Bravo ! » me félicita Dynn de sa voix fluette.

Je restai bouche bée. J'avais déplacé un objet en utilisant uniquement le pouvoir de mon mental.

« Je… n'aurais jamais cru.

— Il ne s'agit pas de croire, rectifia la tête du géant, mais de savoir. Il te reste à présent à t'entraîner et à développer cette technique à tous les domaines que tu souhaiteras. Mais n'oublie jamais la règle : ne l'utilise en aucun cas pour nuire à autrui. »

Je m'exclamai :

« Alors, plus rien ne m'empêche de me changer en aigle !

— En théorie, non, répondit Crom Dubh. Mais en théorie seulement.

— Comment ça ?

— Imagine un enfant qui monterait pour la première fois sur un poulain et qui annoncerait à sa mère : Maman, demain, je galope sur le cheval de papa ! Tu ne crois pas qu'il exagérerait un peu ?

— Vous voulez dire que je vais trop vite ?

— C'est normal, me rassura Crom Dubh. Tu es tellement heureux de reprendre contact avec tes pouvoirs ! »

Il conclut en ajoutant :

« Je t'accompagnerai demain à ton collège.

— À mon collège ? Pourquoi ?

— Pour veiller sur toi. »

Je pris très mal cette décision. Crom Dubh insinuait que j'étais incapable de me débrouiller seul. Ne lui avais-je pourtant pas prouvé que mes pouvoirs se réveillaient ?

« Tu ne veux pas de moi ? » s'étonna-t-il.

Ses yeux plissés me lançaient un regard noir.

« Je voudrais pouvoir mettre une raclée à la bande de Maggie. Mais sans votre aide.

— Je t'ai déjà dit que c'était trop tôt. Sois patient. Tu vas encore devoir me supporter pendant quelque temps. »

Je me retournai et cherchai Dynn.

« Où est-elle ?

— Cette fois, elle est partie pour de bon, répondit Crom Dubh. Je crois qu'elle s'est lassée.

— Lassée ?

— Elle a dû rendre visite à des animaux du voisinage. Ne t'inquiète pas… elle reviendra. »

Épuisé, je fis un effort pour me déshabiller et me mettre au lit. Je souhaitai une bonne nuit à Crom Dubh, qui m'adressa en retour un horrible sourire. Ma lampe de chevet éteinte, je revis tous les événements de la journée défiler devant mes yeux : le coup et les menaces de Maggie, la rencontre d'Adrian, du lépréchaun maléfique, de Dynn et de Crom Dubh. J'avais la nette impression que le film de ma vie s'accélérait depuis que je connaissais ma nature Dé Danann. Le désir d'en parler avec Fiona fut trop fort.

Je n'ai qu'à l'appeler, me dis-je.

« Crom Dubh ! Vous dormez ? »

Pas de réponse. Le géant avait déjà sombré dans le sommeil. Je fermai les yeux, écartai les bras et prononçai « Anga » avec une grande concentration.

Une brume vert pâle, lumineuse, incendia la chambre, accompagnée de la mélodie légère d'une harpe. Le fantôme de Fiona apparut devant mon lit. Je pouvais parfaitement distinguer les traits délicats de son visage. Ses yeux aveugles s'accrochaient au vide.

« Je suis là, William, me dit-elle.

— Fiona. Comme tu es belle…

— M'as-tu fait venir pour ce compliment ?

— Non… Enfin, pas seulement, m'empêtrai-je. J'ai tellement de choses à te raconter !

— Où en es-tu dans la maîtrise de tes pouvoirs ?

— J'avance, grâce à Crom Dubh. Sa tête est sur une étagère, derrière toi. »

Fiona s'assura que le géant était endormi.

« Crom Dubh habitait l'île bien avant que nos ancêtres la conquièrent, me dit-elle. Son souffle a des pouvoirs magiques. C'est pour cette raison que je t'ai conseillé de lui apporter la créature blessée.

— Et le Vieux Désossé ? Tu savais qu'il essaierait de me détruire ?

— Il t'a tendu un piège ?

— Sur la lande, en voulant rejoindre la grotte du géant, j'ai échappé de justesse à son armée de harpies. Crom Dubh m'a dit que les lépréchauns maléfiques l'avaient probablement averti.

— Le Vieux Désossé est un de nos plus dangereux ennemis, m'expliqua-t-elle. Il rêve de s'emparer de l'Émeraude pour utiliser son pouvoir. Quant aux lépréchauns maléfiques, il n'est pas étonnant qu'ils t'aient identifié si vite. Toi et moi les avons maintes fois combattus. »

Le fantôme de Fiona s'approcha et demanda à nouveau :

« Où en es-tu exactement dans la maîtrise de tes pouvoirs ?

— Je sais déplacer des objets sans les toucher. Mais me transformer en aigle par ma seule volonté est encore trop difficile. Il faut que je m'exerce. Au fait, sais-tu que Maggie, au collège, sème la terreur ?

— Maggie ?

— Elle effraie les élèves avec sa bande. Si je pouvais lui donner une bonne correction !

— Reste concentré sur ton objectif, William. L'Émeraude t'attend.

— Fiona, je voudrais en savoir plus sur notre pierre sacrée. Je n'arrive pas à me souvenir pourquoi notre peuple nous en a confié la garde. Qu'avons-nous fait pour mériter cette mission ?

— Ce que je vais t'apprendre, ton âme de guerrier Dé Danann le sait. Hélas, les brumes de l'oubli brouillent encore ton esprit. Jadis, Nemed le Sacré, notre ancêtre, vivait sur cette île. Mais à cause des persécutions des Fomoire, ses descendants ont dû quitter l'Irlande. L'un d'eux a traversé les mers en direction du nord. Les membres de son clan ont trouvé refuge dans un pays où on leur a enseigné tous les secrets de la magie. À cette époque, trois frères étaient dotés de pouvoirs aussi importants que les dieux. Les membres du clan ont voulu partager le nom et la puissance de cette famille et ont décidé de se nommer les Tuatha Dé Danann, c'est-à-dire les Gens de la Déesse Dana. Les guerres ont obligé nos ancêtres à quitter ces contrées. Ils ont repris la mer et ont été accueillis sur des îles au Nord du monde. Là, ils ont résidé dans quatre cités nommées Falias, Findias, Gorias et Murias. Quand ces villes sont devenues trop étroites, nos chefs ont jugé qu'il était temps de repartir pour conquérir l'Irlande, l'île de nos ancêtres. Ils ont emporté avec eux quatre talismans : la pierre de Fal qui gronde lorsqu'elle est touchée par le roi qui doit gouverner, la terrible épée de Lumière, la lance de Lug, qui rend invincible celui qui la brandit, et enfin le chaudron de Dagda, qui contient une nourriture inépuisable.

— L'Émeraude n'est pas un talisman ?

— Elle était fichée sur le pommeau de l'épée de Lumière qui armait le bras de notre grand et valeureux chef : Nuada. Grâce à sa vaillance, notre peuple a remporté une première bataille contre les Fir Bolg, peu de temps après avoir débarqué sur les rivages d'Irlande. Mais lors de la deuxième bataille contre les Fomoire, Nuada fut tué. L'épée de Lumière chuta dans un gouffre. Aussitôt, la terre a tremblé. Des blocs se sont détachés des montagnes et ont obstrué les abîmes. Nos guerriers ont longtemps cherché l'arme magique. En vain. L'Émeraude, elle, s'était détachée du pommeau et avait roulé dans une crevasse.

— Qui l'a retrouvée ?

— Toi et moi. Tu as attaché une corde autour de ma taille et je me suis glissée dans une brèche. Tandis que tu me retenais, j'ai pu attraper la pierre. Depuis ce jour, notre peuple nous a donné pour mission de la protéger.

— On n'a jamais retrouvé l'épée de Nuada ?

— Jamais. Pourtant, nombreuses sont les créatures qui ont tenté leur chance. La dernière en date dort dans cette chambre. »

Sidéré, je bafouillai :

« Crom… Dubh ?

— Le gouffre où il s'est réfugié est celui où nous avons retrouvé l'Émeraude.

— Il le sait ?

— Bien sûr !

— Crois-tu qu'il m'aide pour que je lui donne des informations quand je recouvrerai la mémoire ?

— Je l'ignore. En tout cas, méfie-toi de lui, William. »

Le fantôme était aussi beau que mon amour. Il ressemblait en tout point à Fiona avec sa bouche fine, sensuelle et ses yeux aveugles qui se perdaient dans un monde lointain.

« Viens me retrouver, Fiona. Pas ton fantôme… toi.

— Je ne peux pas abandonner l'Émeraude, William.

— Juste quelques minutes ! Rejoins-moi ! »

Son spectre se pencha sur moi et frôla tendrement ma joue. Au même moment, Crom Dubh racla sa gorge et toussota.

« Tu crois qu'il nous a entendus ? murmurai-je.

— J'espère que non, répondit Fiona. Adieu, William.. »

chapitre 8

Ma mère me conduisit le lendemain matin au collège. Elle était songeuse, ses pensées probablement tournées vers le travail colossal qui l'attendait à Kylemore. Elle roulait sans se soucier de la brume qui apparaissait lentement sur la lande. Je frémis en pensant aux harpies qui devaient attendre le moment propice pour attaquer, mais ce que m'avait assuré le géant, juste avant le départ, se confirma. Je ne craignais rien, car le métal et le verre étaient des remparts infranchissables pour le Vieux Désossé.

« J'ai trop chaud, dit soudain ma mère. Je vais ouvrir une fenêtre.

— Nooon ! »

Elle me regarda avec des yeux exorbités.

« Qu'est-ce qui t'arrive ?

— J'ai mal à la gorge. S'il te plaît… laisse ta vitre fermée. »

Elle abandonna son idée et se concentra sur la route.

« Décidément, tu me surprendras toujours », soupira-t-elle.

Ma mère me laissa devant le collège et m'annonça qu'elle me reprendrait à quinze heures, après les cours. Je sortis du véhicule avec le sac à dos qui contenait la tête de Crom Dubh. Stephen me rejoignit aussitôt.

« Regarde Maggie, me dit-il. Elle se pavane dans la cour et raconte à tout le monde qu'elle t'a donné une bonne leçon, hier après-midi. »

À notre arrivée en cours d'irlandais, les élèves chuchotèrent quelques paroles, probablement à cause de ma mâchoire tuméfiée.

Je posai mon sac, prudemment, sous ma chaise, de sorte qu'aucun pied ne puisse le percuter. J'avais promis à Crom Dubh de veiller sur sa tranquillité.

« Je vous propose de découvrir un texte écrit par un grand auteur », commença notre professeur, monsieur Dubty.

Il se gratta l'intérieur du nez avec son petit doigt. Chez lui, ce geste était si fréquent qu'il s'apparentait à un tic nerveux.

« Le thème est l'évolution de l'humanité, enchaîna-t-il. À l'époque préhistorique, les humains avaient une intelligence encore peu développée et…

— Ah oui ? retentit soudain une voix toute proche. En tout cas, ce n'est pas avec tes muscles ridicules et tes sens atrophiés que tu aurais survécu dans la savane ! »

Monsieur Dubty blêmit. Quelques élèves ne purent s'empêcher de pouffer de rire.

« Qui a parlé ?! » demanda-t-il.

Tous les regards se portèrent sur moi.

C'est Crom Dubh, pensai-je. Les paroles de monsieur Dubty sur les hommes préhistoriques ne lui ont pas plu.

Le professeur martela :

« William, c'est toi ?

— Non, monsieur ! Ça ne peut pas être moi. Ce n'était pas ma voix.

— Il ment ! protesta Jeff. C'est lui, je l'ai vu parler ! »

Maggie, assise à ses côtés, approuva avec un sourire. Le professeur insista :

« Un témoin t'a vu, William. Qu'as-tu à dire pour ta défense ? »

Je fixai Jeff dans les yeux et déclarai :

« Qu'il répète ses accusations s'il en est capable ! »

Jeff haussa les épaules en lançant :

« Pas de problème ! »

C'est le moment d'utiliser mes nouveaux pouvoirs, me dis-je.

Je visualisai avec force mon ennemi réfutant sa propre accusation. La puissance de ma volonté s'exerça aussitôt. Jeff devint livide et grave. Il baissa la tête et bredouilla d'un air penaud :

« William... n'y est pour rien... monsieur. J'ai menti. »

Maggie sursauta. Le professeur, lui, était interloqué.

« Jeff, soupira-t-il. Que je ne te reprenne pas à apporter de faux témoignages. Je ne dis rien pour cette fois. Mais uniquement parce que tu as reconnu ta faute. Quant à celui qui a prononcé ces paroles idiotes, je lui conseille désormais de se tenir tranquille ! »

Il fronça les sourcils et se dirigea vers le tableau, tout en se grattant le nez. J'étais aux anges : j'avais la preuve que ma volonté pouvait agir non seulement sur les objets, mais aussi sur les individus. Crom Dubh avait-il volontairement apostrophé le professeur pour provoquer cette expérience ? Je me baissai et regardai discrètement dans mon sac. La tête du géant n'avait pas bougé. J'eus juste le temps d'apercevoir un clignement d'œil qui m'était destiné.

À la récréation, je m'isolai avec Stephen sur un banc de la cour.

« Qui a pu se moquer de monsieur Dubty ? demanda mon ami. Tu as entendu la voix, comme nous.

— Oui, je l'ai entendue. En tout cas, je l'ai échappé belle. Heureusement que Jeff a avoué la vérité.

— Ça aussi, ça m'étonne, continua Stephen. Tu ne trouves pas que c'est bizarre ? »

Je n'eus pas le temps de répondre. Jeff déboula devant nous et aboya :

« Qu'est-ce que tu m'as fait pendant le cours ? Je ne me suis même pas rendu compte de ce que je disais.

— Tu as raison, répondis-je. C'est vraiment grave. Déjà que tu n'as pas grand-chose dans le ciboulot, alors si en plus tu ne sais plus ce que tu dis ! »

Jeff brandit son bras pour me frapper. Je me concentrai et visualisai son poing bloqué en l'air. Le résultat fut immédiat.

« Qu'est-ce qui se passe ? paniqua-t-il.

— Rien, répondis-je. Ah… si ! Je vois un fantôme qui retient ton bras. Il me dit que tu resteras comme ça jusqu'à la fin de la journée. J'espère que tu auras des questions à poser parce que avec une main levée, les profs ne vont pas arrêter de t'interroger.

— Tu me le paieras ! » gronda-t-il.

Je partis dans un fou rire. Tandis que Jeff rejoignait sa bande, le bras dirigé vers le ciel, Stephen me jeta un regard halluciné.

« Comment tu as fait ?

— C'est juste une blague pour lui faire peur.

— Tu rigoles ! Ça… une blague ? Explique-moi comment son bras s'est bloqué.

— Tu te poses vraiment trop de questions, Stephen. »

Mon ami cessa de m'interroger, mais tous ces événements le perturbaient. Personnellement, j'étais totalement satisfait de ma matinée. J'avais réactivé mes pouvoirs Dé Danann et contrôlé la situation, du début à la fin, grâce à la leçon de Crom Dubh. Désormais, mes ennemis n'avaient qu'à bien se tenir !

Juste après la récréation, la classe se rendit dans la salle de mathématiques. Monsieur Wallace, notre professeur, effaçait tranquillement son tableau. Quand nous fûmes tous assis, il se retourna et remarqua la main levée de Jeff.

« Jeff ! lança-t-il aussitôt. Tu as quelque chose à demander ?

— Euh… non.

— Alors, pourquoi lèves-tu la main ? Pour concurrencer la statue de la Liberté ? »

La moitié de la classe éclata de rire.

« Non, monsieur. J'essaie de la baisser, mais je n'y arrive pas.

— Tu te moques de moi ?

— Non… je vous jure ! Je ne peux plus bouger mon bras. »

Le professeur s'approcha et tenta d'aider Jeff, sous les yeux effarés de la bande à Maggie.

« Tu es comme ça depuis quand ? s'inquiéta-t-il.

— Depuis tout à l'heure », répondit Jeff sans s'étendre davantage.

Monsieur Wallace prit sa main et la tira légèrement vers lui.

« Tu as mal ?

— Non. »

Il exerça une pression plus forte.

« Et là ? »

L'occasion de me débarrasser de Jeff était trop belle. Je me concentrai et visualisai son poing s'abattre devant lui. Son bras céda d'un coup et sa main atterrit sur la joue de monsieur Wallace. Stupeur dans la classe : Jeff venait de gifler le professeur. Il balbutia :

« Je… Je… je ne l'ai pas fait exprès. »

Monsieur Wallace le saisit par le col et le tira vers la sortie.

« Tu vas me le payer ! » hurla-t-il en l'entraînant dans le couloir.

Pendant son absence, je pensais que Maggie se lèverait et me menacerait, mais à ma grande surprise, elle ne broncha pas. Ma démonstration de force l'avait-elle impressionnée ? Une minute plus tard, M. Wallace revint, seul, visiblement choqué par ce qui s'était passé. Personne n'osa sourire en découvrant l'empreinte des doigts de Jeff sur sa joue droite.

Stephen et moi rejoignîmes la cantine à la fin du cours et nous installâmes à une table.

« Qui t'a appris ces tours ? me demanda mon ami avec insistance.

— Quelqu'un que tu ne connais pas, répondis-je.

— Tu m'apprendras ?

— C'est impossible, Stephen. Ça ne s'apprend pas comme ça. »

Il haussa les épaules et prit un air bougon. Comment ne pas le décevoir tout en respectant la loi des Tuatha Dé Danann ?

La bande ennemie s'assit en face de nous. Maggie m'observait en silence. Je souris intérieurement en pensant aux déboires de Jeff et me dis que maîtriser mon pouvoir était vraiment drôle et excitant. Pourquoi ne pas continuer ? Je trouvais justement que je n'avais pas assez fait payer à Maggie le coup que j'avais reçu à la mâchoire. Cette pensée avait à peine germé dans mon esprit que la voix de Crom Dubh retentit en moi : « Ne fais pas ça, malheureux ! Désormais, Maggie te laissera tranquille. N'est-ce pas ce que tu voulais ? »

Je haussai les épaules en me disant que le géant était décidément bien ennuyeux. Vivre pendant des siècles et des siècles isolé au fond d'une crevasse l'avait rendu grincheux. Rejetant son conseil, je mis ma volonté en action… et déclenchai des cris de dégoût. Chaque fois que Maggie découpait son bifteck, de gros asticots débordant de vitalité apparaissaient et gigotaient entre les dents de sa fourchette. Mon sourire de satisfaction ne passa pas inaperçu. Maggie se leva, se planta devant moi et me lança sur un ton menaçant :

« Tu as mis des asticots dans mon assiette. Puisque tu veux continuer la guerre, on va la continuer, face de rat ! »

Je la visualisai projetée à terre, roulant comme une pastèque, mais ma volonté était sans effet.

Je n'aurais pas dû abuser de mes pouvoirs, me dis-je, tout déconfit.

chapitre 9

Je marchais, soucieux, sur le chemin qui nous menait au stade où devait se dérouler le cours d'éducation physique.

Si je ne retrouve pas mes pouvoirs, pensai-je, Maggie et sa bande vont me réduire en bouillie.

Depuis son intervention à la cantine, la tête de Crom Dubh restait silencieuse, toujours enfouie dans mon sac.

« Crom Dubh… Vous m'entendez ? murmurai-je. Pardonnez-moi pour le coup des asticots… Je ne recommencerai pas. S'il vous plaît, redonnez-moi mes pouvoirs. »

J'entendis sa voix résonner en moi :

« Je t'avais averti, William. Chaque fois qu'on utilise son pouvoir à mauvais escient, les conséquences sont lourdes. Ce n'est certainement pas moi qui modifierai cette loi universelle.

— Que dois-je faire ? Maggie et sa bande vont me massacrer. Aidez-moi ! Vous m'aviez dit que vous me protégeriez.

— J'étais venu pour te protéger contre ton plus grand ennemi : toi-même. Je pensais que grâce à mes avertissements, tu t'interdirais d'utiliser ton pouvoir n'importe comment. Tu n'as pas voulu m'écouter… Alors, tant pis pour toi !

— Mais, Crom Dubh… ce n'étaient que quelques asticots ! »

Ma supplique resta sans réponse.

La première phrase prononcée par monsieur O'Hara, notre professeur d'éducation physique, ne fit qu'aggraver mes inquiétudes :

« Répartissez-vous en deux équipes, nous dit-il. Vous allez vous affronter dans un match de football gaélique. »

Je me retrouvai avec Stephen et d'autres camarades face à Maggie et sa bande.

« Vous avez dix minutes pour vous mettre en tenue », ordonna le professeur.

L'homme était de petite taille, mais très athlétique. Sa voix était de celles qui ne toléraient aucune contestation.

Dans les vestiaires, mon équipe faisait grise mine.

« Je suis sûr que le prof l'a fait exprès ! grommela Stephen. Il aime les bagarres. Il est toujours le premier à provoquer les autres à la sortie des pubs.

— Ils vont nous massacrer, se lamenta un autre élève.

— Euh… Stephen, murmurai-je à l'oreille de mon ami. Comment joue-t-on au football gaélique ?

— On peut courir avec la balle entre les mains. Mais tous les quatre pas, on doit la faire rebondir sur le sol ou sur le pied. Sinon, l'arbitre siffle. »

J'écarquillai les yeux.

« Ça m'a l'air compliqué. Et les points ?

— Les poteaux sont comme ceux du rugby. On marque un point si on fait passer la balle au-dessus de la barre transversale. Trois points si elle passe dessous.

— Pourquoi on marque plus de points si elle passe dessous ?

— Parce que c'est plus dur : chaque équipe a un gardien qui arrête les tirs, comme au foot classique. »

Stephen nota mon regard perplexe.

« Ne t'inquiète pas, conclut-il. Il suffit que tu attrapes le ballon et que tu me l'envoies. Je m'occuperai du reste. »

J'ouvris mon sac et jetai un coup d'œil sur Crom Dubh. Ses paupières étaient closes. Bon sang ! Il devait faire semblant de dormir... Inutile d'insister. Une fois en tenue, nous prîmes nos sacs et les rassemblâmes près d'un banc, sur le bord du terrain.

« Les rouges engagent, décida monsieur O'Hara. Que les meilleurs gagnent ! »

La bande adverse poussa un cri redoutable.

« Chaaargeeez ! » hurla Maggie en tapant dans le ballon.

Les deux équipes se percutèrent. Le fracas fut terrible. Trois joueurs restèrent à terre. Le professeur ne broncha pas. Un adversaire réussit à extraire le ballon de la mêlée et fit une passe de quinze mètres à Maggie. Je la vis détaler vers nos poteaux en prenant soin de ralentir tous les quatre pas pour toucher la balle du pied. Elle explosa un joueur de mon équipe qui voulait la stopper et poursuivit sa course. Rien ne semblait pouvoir l'arrêter.

« Allons-y ! » lançai-je à Stephen.

Nous interceptâmes Maggie à dix mètres des poteaux. Stephen se jeta dans ses jambes tandis que je la faisais basculer en la saisissant par les épaules. Elle tomba à la renverse sans lâcher le ballon et se retrouva coincée sous moi. Je fixai son regard pendant quelques secondes… mais n'eus pas le temps de la défier davantage : un troupeau de mammouths me tomba sur le dos ! Six adversaires motivés par la même intention : me piétiner, me ruer de coups et libérer Maggie de mon étreinte. Ils me lacéraient les cuisses avec leurs crampons. Je serrai les dents, encaissai les chocs et m'agrippai comme je pouvais aux bras de mon ennemie.

« Ils vont nous tuer ! hurla Stephen, dans la tourmente.

— Tiens ! Prends ça ! » cria Maggie.

Un coup dans le thorax m'arracha un cri de douleur. Je dus lâcher prise. Aussitôt, Maggie se remit sur ses jambes et tenta un tir. Dans un sursaut désespéré, j'essayai d'actionner mon pouvoir et visualisai le ballon s'écartant des poteaux. En vain... J'aperçus, impuissant, la balle passer juste au-dessus de notre barre transversale. Portée en triomphe par sa bande, Maggie exultait, tandis que Stephen et moi broutions encore la pelouse.

« Tu saignes au bras, me dit un coéquipier en me relevant. Et tu as vu tes jambes ? Ils ne t'ont pas loupé ! »

Les crampons avaient laissé des traces sanglantes. Tandis que mes camarades reprochaient au professeur son laxisme, je me dirigeai en boitant vers le banc.

« Vous êtes sur le terrain pour donner le meilleur de vous-mêmes, affirmait monsieur O'Hara. Vous n'allez pas pleurer pour quelques coups malheureux ! »

La tête de Crom Dubh était dans mon sac, ensevelie sous mon tee-shirt et mon pull, les yeux toujours clos, comme si rien n'était plus important à cet instant que faire la sieste. En saisissant ma serviette, du sang s'écoula le long de mon coude et atterrit sur son visage. Crom Dubh tira tranquillement la langue et lécha la goutte.

« Du sang ! dit-il en plissant son nez. D'où vient-il ?

— C'est le mien, répondis-je. Vous êtes content ?

— Le tien ? Tu t'es battu ?

— La bande à Maggie va finir par me tuer, si ça continue. Ils ont tous la haine ! Ce n'est plus du football gaélique… c'est du combat de rue !

— Le match est fini ? demanda le géant.

— On vient de commencer et ils mènent déjà 1-0.

— Je n'aime pas ça, rumina Crom Dubh. Mais alors, pas du tout ! Tu vois où tes malheureux asticots te mènent ? Si tu avais…

— Je sais ! répondis-je, exaspéré. Vous me l'avez déjà dit. Que voulez-vous que j'y fasse ? On ne peut pas tout comprendre du premier coup. J'ai fait une erreur. Je le reconnais, mais…

— Tu le regrettes ? me coupa Crom Dubh.

— Bien sûr que je le regrette !

— William ! cria soudain Stephen. Tu viens ? Le match reprend. »

Je levai la tête et lui fis signe que je me dépêchais.

Quand je posai à nouveau mon regard dans le

sac, la tête de Crom Dubh avait disparu. Un ballon reposait à sa place, sous mon tee-shirt.

« Crom Dubh ? Où êtes-vous ?

— Ici », répondit une voix.

Le ballon parlait !

« Je me suis transformé. Qu'est-ce que tu en penses ?

— Mais…

— Mais quoi ? Si tu veux que je t'aide, remplace le ballon du match par ma tête. Allez !

— Vous êtes sûr que…

— Je ne te le dirai pas deux fois », se fâcha Crom Dubh.

Je saisis le ballon et l'observai de près. Le mimétisme était parfait. Je l'approchai de mon oreille et entendis un léger souffle émaner des coutures. Voilà comment Crom Dubh respirait ! Je lui murmurai :

« Impossible de faire la différence avec un vrai ballon. »

Je réfléchis et ajoutai :

« Je n'oserai jamais vous shooter dedans.

— Ne dis pas de bêtises ! répondit Crom Dubh. Je suis certain que ça te fera plaisir. »

Je ne répondis pas… et me dirigeai sans plus

attendre jusqu'au point d'engagement. Le professeur fut surpris de me voir arriver avec un nouveau ballon.

« Je préfère celui-ci, déclarai-je. Il est moins glissant.

— Comme tu voudras », répondit monsieur O'Hara en se débarrassant de l'ancienne balle.

Il plaça la tête de Crom Dubh au centre du terrain et annonça :

« Prêt ? Allez-y ! »

Stephen shoota. Je fermai les yeux en pensant au premier coup de pied que le géant venait de recevoir.

J'espère qu'il sait ce qu'il fait, me dis-je.

Dix secondes plus tard, plusieurs joueurs se démenaient pour s'emparer du ballon. Une vraie foire d'empoigne ! Suite aux coups reçus pendant la première phase de jeu, je préférais rester à l'écart. Mais qu'un adversaire s'extirpe avec le ballon et il aurait affaire à moi ! Stephen attendait, prêt à foncer vers les poteaux adverses si le ballon sortait en notre faveur. Je reconnus les cris féroces de Maggie. Elle tapait et frappait comme une lionne.

« Sifflez ! » criai-je à notre professeur.

Monsieur O'Hara ne réagissait pas. Soudain, contre toute attente, un joueur de la bande à Maggie fut expédié en l'air comme un bouchon de champagne. C'était Jimmy. Il chuta lourdement à cinq mètres de la mêlée.

« Qu'est-ce qui se passe ? » me cria Stephen.

Un deuxième adversaire fut éjecté en l'air. Le professeur, incrédule, se frotta les yeux. Au même moment, le ballon roula entre les jambes d'un joueur pris dans la mêlée. Dynn avançait à quatre pattes, poussant tranquillement la balle devant elle !

« Dynn ! m'exclamai-je. Que fais-tu là ?

— J'ai toujours voulu jouer au football gaélique ! répondit-elle. Tu as vu comment Crom Dubh a fait voltiger les deux complices de Maggie ?

— Prends-moi, William ! me dit la tête du géant. Qu'est-ce que tu attends ? »

Je saisis le ballon, le coinçai sous mon bras et détalai en direction des poteaux adverses.

« Stephen ! hurlai-je. Suis-moi ! »

Je courus aussi vite que je pus en faisant rebondir le ballon tous les quatre pas. Maggie et trois gars de sa bande s'étaient extirpés de la mêlée et se lançaient déjà à mes trousses. Un de leurs défenseurs me percuta de plein fouet et me fit chuter.

J'eus juste le temps de me débarrasser de la balle en l'envoyant en direction de Stephen. Mais la passe était trop courte. Elle ne lui serait jamais parvenue si Dynn n'était pas une nouvelle fois intervenue. Je la vis s'emparer du ballon en plein vol.

« Et youpla ! Youpla ! » chantait-elle en battant des ailes.

Les copains de Maggie essayaient d'attraper la balle, mais chaque fois qu'ils croyaient y parvenir, Dynn s'élevait dans les airs. Il fallait les voir sauter et retomber la tête dans le gazon ! L'un d'eux s'écria :

« Qu'est-ce qu'il a, ce ballon ? Il est devenu fou ! »

Dynn, invisible à leurs yeux, s'en donnait à cœur joie. Quand elle en eut assez, elle laissa tomber la balle dans les bras de Stephen, qui accéléra aussitôt.

« Vas-y ! criai-je. Vas-y ! »

Le gardien adverse l'attendait de pied ferme. Stephen s'éleva brusquement au-dessus du sol.

Incroyable ! Le ballon le soulevait ! Agrippé à la tête de Crom Dubh, il survola le goal et atterrit dans les cages. But !

« Je n'avais encore… jamais vu ça, bafouillait monsieur O'Hara. Jamais… »

Nous menions 3 à 1. Au coup de sifflet final, toute l'équipe explosa de joie sous les yeux mauvais de Maggie et de sa bande. De retour sur le banc, Stephen déclara :

« Je ne comprends pas comment j'ai pu bondir aussi haut. Je n'ai pourtant pas une grande détente. J'ai l'impression que tu as encore utilisé un de tes sortilèges pour qu'on puisse gagner. William… Qui t'a appris tout ça ? »

Je ne répondis pas. Au même moment, Maggie nous rejoignit :

« Tu as gagné, maugréa-t-elle. Mais tu me dois une revanche. Je t'attendrai lundi, à midi et demi, devant les ruines du château. Nous ne serons que tous les deux. »

chapitre 10

Ma mère vint me chercher à la sortie du collège, à quinze heures précises. Elle s'inquiéta dès qu'elle découvrit les blessures sur mes bras et mes jambes.

« Qu'est-ce qu'il t'est encore arrivé ?

— Je me suis éraflé en sport, expliquai-je. Je n'y peux rien. Tu connais la loi des séries ! »

Comme elle enrageait, je décidai de changer de conversation :

« Vous avez trouvé d'autres armes des Tuatha Dé Danann aujourd'hui ?

— Non, répondit-elle d'un ton sec. La loi des séries ne s'applique pas à l'archéologie. »

Contrairement à l'aller, aucune brume ne se manifesta sur la lande. Les yeux perdus sur les silhouettes à la fois rondes et élancées des Twelve Pins, je repensais à Dynn qui avait déguerpi après sa participation décisive au match de football gaélique. Je n'avais même pas eut le temps de la remercier.

Quant à la tête de Crom Dubh, elle était soigneusement rangée dans mon sac. J'avais évité de lui parler, à la fin du match, pour ne pas attirer l'attention sur moi. Pensif, je laissais mon regard flâner de plans d'eau en collines. Le soleil jouait en permanence à cache-cache entre les nuages. Des colonnes de lumière embrasaient parfois les lacs et s'évanouissaient aussi rapidement qu'elles étaient apparues.

À notre arrivée à la maison, je filai dans ma chambre, sortis le ballon du sac et le posai sur le lit.

« Crom Dubh… murmurai-je. Vous pouvez reprendre votre vraie forme. Vous êtes dans ma chambre. »

Silence. Le géant semblait s'être assoupi pour une longue durée. Les coups et les événements de l'après-midi l'avaient probablement épuisé. Je repensai à Maggie et au défi qu'elle m'avait lancé. Il fallait que je sois lundi, à midi et demie, devant le château.

Quel piège préparait-elle ? me demandai-je. Sera-t-elle vraiment seule ? Sans témoin, elle pourra se permettre les coups les plus tordus. Il faut absolument que je retrouve mes pouvoirs Dé Danann avant lundi.

Je décidai de tenter une nouvelle fois une transformation, mais en promettant, auparavant, de ne plus jamais utiliser mon pouvoir autrement qu'à des fins justes.

Je fermai les paupières et visualisai, avec le plus de conviction possible, mon corps se métamorphoser en aigle. Quelque chose d'incroyable se produisit alors : je sentis mille petites aiguilles me piquer les bras, les jambes, le ventre, le dos. Puis plus rien. Je rouvris les yeux et attendis, pétrifié. Que s'était-il passé ?

« William ! À table ! » m'avertit soudain ma mère.

Je soulevai délicatement mon pull et ma chemise. Des centaines de points rouges couvraient ma peau !

L'emplacement des plumes ! me dis-je. La transformation s'est arrêtée à peine commencée.

Ma promesse n'avait pas suffi. Je payais encore mon erreur de la cantine ! Ma peau me démangeait des pieds jusqu'aux épaules. Seuls mon visage et mes mains étaient épargnés.

« William ! cria encore ma mère, d'une voix ulcérée. Je te préviens : c'est la dernière fois que je t'appelle ! »

Je quittai ma chambre et rejoignis le salon en me grattant.

Combien de temps devrais-je supporter ces satanées démangeaisons ?

« Elisabeth m'a dit que tu t'étais encore blessé ? demanda mon père.

— On a joué au football gaélique. C'était plutôt rugueux. »

Une fois assis, je glissai ma main sous la table et frottai frénétiquement mes cuisses et mon ventre.

« Encore un problème ? s'inquiéta ma mère.

— Non, répliquai-je. Je me frotte le ventre parce que… j'ai faim ! »

Mon père souleva sa serviette et découvrit un paquet cadeau. Cette surprise me sauva.

« Pour notre quinzième anniversaire ! » annonça ma mère, le sourire aux lèvres.

Nous étions le 5 mai, jour anniversaire du premier rendez-vous amoureux de mes parents. Pas une année ne passait sans qu'ils s'offrent un présent. Ma mère souleva à son tour sa serviette et… ne trouva rien. Son visage se figea.

« Tu as… oublié ? lâcha-t-elle avec une énorme déception dans la voix. C'est la première fois en quinze ans. »

Mon père se leva et posa tendrement ses mains sur les épaules de maman. Je profitai de cette diversion pour me gratter les bras et calmer discrètement mes démangeaisons.

« Je suis désolé, dit-il, décontenancé. Les travaux au refuge m'ont accaparé. J'en ai perdu la tête. Excuse-moi. »

Ma mère ne répondit pas. Pendant un temps qui me parut une éternité, on entendit les mouches voler. Impossible de me gratter sans que mes parents s'en aperçoivent. Je mourais d'envie de me lever et de me frictionner le corps, de haut en bas. J'allais craquer quand une idée me vint : pourquoi ne pas essayer de faire disparaître ces piqûres en inversant le rituel de transformation ? Je fermai aussitôt les yeux et me visualisai redevenant un humain à part entière, sans amorce de plumes. Le résultat ne se fit pas attendre : les démangeaisons s'atténuèrent et finirent même par disparaître. J'avais envie de hurler ma joie !

« Elisabeth ! » s'exclama soudain mon père.

Il venait d'ouvrir son paquet et exhibait une montre dorée. Sur le cadran était représentée la célèbre triple spirale gravée dans le tumulus de Newgrange, non loin de Dublin :

J'avais vu cette figure pendant une visite du site, avec ma mère. Elle datait de l'époque néolithique, environ trois mille ans avant Jésus-Christ.

« Elle est magnifique ! » déclara mon père.

Il voulut embrasser ma mère… mais maman resta de marbre.

J'en profitai pour soulever le bas de mon pull

et vérifiai si les points rouges avaient quitté mon ventre. C'était le cas. Je poussai un soupir de soulagement.

« Chérie… Excuse-moi pour mon oubli, insista mon père en caressant la joue de ma mère. Et merci. »

Il retourna à sa place sans que maman ait prononcé le moindre mot. La tension était à son comble. Débarrassé de mes démangeaisons, je décidai de tout faire pour améliorer l'ambiance. Je jetai un coup d'œil sur le cadeau et demandai :

« Vous savez quelque chose sur la signification de cette gravure ?

— Que veux-tu savoir ? lâcha mon père d'une voix sans âme.

— Quelle était sa vraie fonction ? Ou même son pouvoir ? Vous avez une idée ?

— Les hommes qui l'ont gravée vouaient probablement un culte aux manifestations ternaires de la nature, m'expliqua-t-il.

— Manifestations ternaires de la nature ? Ça veut dire quoi ?

— Tout ce qui s'exprime dans la nature à travers le chiffre trois. Le père, la mère et l'enfant, par exemple. Le bourgeon, la fleur et le fruit. Ou encore la nouvelle lune, la demi-lune et la pleine lune. Chaque individu possède un corps, un esprit et une âme. Souviens-toi du bracelet en or qu'on a trouvé : il est constitué de trois anneaux enroulés les uns autour des autres. On retrouve ce chiffre trois chez les Celtes, notamment avec le triskell. Regarde ! »

Il saisit une feuille et dessina le motif suivant :

« Triskell » signifie « trois jambes », continua-t-il. C'est l'un des emblèmes les plus populaires de Bretagne. On le retrouve comme cocarde de l'aviation gouvernementale et militaire de la république d'Irlande. Il est aussi à la base du drapeau de l'île de Man. En fait, il est très souvent utilisé comme symbole interceltique. Observe les trois spirales qui se développent à partir du point central. Ce symbole rappelle que toute triade naît de l'Unité.

— On peut citer d'autres exemples, intervint

soudain ma mère, rompant ainsi avec son mutisme. Dans la mythologie celtique, les divinités sont souvent associées par trois. C'est le cas de Morrigan, Bodb et Macha qui sont de redoutables déesses guerrières[1]. »

Le repas fini, j'aidai ma mère et mon père à faire la vaisselle. Puis je leur souhaitai une bonne nuit et gagnai rapidement ma chambre. Je retrouvai la tête de Crom Dubh dans l'armoire, sous forme de ballon.

« Crom Dubh ! lançai-je à mi-voix afin que mes parents n'entendent pas. Réveillez-vous ! Le match est fini depuis longtemps. Vous pouvez reprendre votre vraie forme. »

Le ballon ne broncha pas.

« Réveillez-vous ! insistai-je. J'ai essayé de me métamorphoser en aigle en promettant de ne plus faire de bêtises. J'ai senti les piqûres des plumes, mais rien de plus. J'ai encore échoué. »

Je pris la tête entre mes mains et l'observai pendant de longues secondes. Quelque chose me tracassait. J'approchai une oreille des coutures pour écouter sa respiration. Rien ! Une goutte de

1. On peut trouver d'autres associations comme Morrigan, Nemain et Macha, mais elles expriment la même triade.

sueur perla sur mon front. Ce n'était pas Crom Dubh ! Il s'agissait d'un vrai ballon. Je revis Stephen me tendre la balle. Se serait-il trompé ? Et si la tête de Crom Dubh avait atterri, à la fin du match, parmi les autres ballons, sous le banc de touche ? Et si Stephen en avait choisi un au hasard avant de me le tendre ? Horreur ! C'était sûrement ça ! La tête de Crom Dubh était dans le filet des ballons, dans le cagibi du gymnase, là où tous les accessoires de sport étaient rangés. Comment avais-je pu me tromper ? Au lieu de fêter la victoire, j'aurais dû me précipiter vers Crom Dubh pour le mettre dans mon sac. J'étais dans une situation désastreuse. Le géant allait me faire payer mon inconscience ! Il fallait à tout prix que je le récupère.

Je jetai un coup d'œil dans le salon. Mes parents avaient rejoint leur chambre. Je refermai la porte, gagnai la fenêtre, l'ouvris et m'extirpai de la maison comme un voleur. Il fallait compter vingt minutes pour atteindre le collège en mobylette. Avec mes accessoires de détective, je n'aurais aucune peine à ouvrir le verrou du cagibi. Mais je dus calmer mes ardeurs. Traverser la lande en pleine nuit, avec le Vieux

Désossé qui rôdait ? Le risque était énorme. Je sautai par-dessus la haie de fuchsias et montai sur la colline toute proche. Parvenu à son sommet, je fermai les yeux et appelai Anga en utilisant notre rituel. Un hennissement retentit soudain sur la lande. La silhouette de Bran jaillit sous la lumière cendrée de la lune. Le fantôme d'une jeune princesse le chevauchait, telle une amazone domptant la nuit.

Bran arrêta son galop juste devant moi.

« Tu as des ennuis ? me demanda le spectre de Fiona.

— J'ai laissé la tête de Crom Dubh au collège. Si je ne répare pas cette bévue, le géant restera tout le week-end enfermé dans une caisse. Il m'en voudra à mort et ne m'aidera plus. Le problème, c'est que je ne peux pas traverser la lande sans m'exposer au Vieux Désossé. »

Fiona se pencha et fredonna à l'oreille de Bran des paroles que je ne compris pas. Certaines des sonorités réveillaient en moi des souvenirs confus. Un éclair zébra leurs regards. Bran cligna lentement des yeux pour sceller ce qui me parut être un accord.

« Monte ! me dit ma bien-aimée.

— Derrière toi ?

— Non. Devant. Tu t'agripperas à Bran. »

Je sautai sur le dos du cheval et m'accrochai à sa crinière.

« Prêt ? me demanda Fiona.

— Prêt ! »

Le cheval se cabra et s'élança dans la lande. Le soleil rougissait derrière les collines de l'ouest. Il n'allait pas tarder à disparaître. Je sentais la chaleur de Fiona… ou plutôt celle de son enveloppe éthérique, puisque son corps physique reposait dans un dolmen.

« Te souviens-tu de nos escapades à cheval ? » me souffla-t-elle à l'oreille.

Je fermai les yeux et vis défiler des images lumineuses : des reflets de soleil bondissant sur les vagues. J'entendis le rythme de sabots sur les sentiers de pierres et respirai le parfum sauvage des fleurs de mai. Je me souvins des rires de Fiona, lorsqu'elle chevauchait Bran.

« C'était… il y a une éternité », soupirai-je.

Je sentis la présence de son spectre contre mon dos.

« Je t'aime, Fiona ! J'aimerais reconquérir mes

pouvoirs pour veiller à nouveau sur l'Émeraude avec toi.

— Le Vieux Désossé est là, m'interrompit-elle. Son armée sournoise est dissimulée dans les trous d'eau. Des milliers de harpies sont prêtes à vous happer, toi et Bran, pour sucer votre sang, pour ronger votre squelette jusqu'au dernier os. Le Maître des Brumes voudra engloutir votre souffle de vie comme il a déjà dévoré des milliers d'imprudents qui se sont perdus sur la lande. »

Un manteau blanc se matérialisa devant nous. J'aperçus avec effroi mille lames prêtes à nous déchiqueter. Bran continua sa course.

« Elles sont là ! criai-je. Les harpies sont là ! Arrête-toi, Bran ! Arrête-toi ! »

Mais le cheval fonçait sur elles. Le fantôme de Fiona poussa un cri terrible et, d'un coup, Bran décolla du sol. Je sentis un air frais envelopper mon visage.

Le cheval survolait la lande, écrasant les lames tranchantes des guerrières.

« Piétine-les ! hurlait Fiona. Piétine-les ! »

Des gémissements stridents retentissaient sous les sabots. Après une course effrénée, le brouillard, impuissant, se dissipa. Le cheval atterrit en douceur sur la terre ferme.

« Je dois retrouver mon corps auprès de l'Émeraude, déclara ma bien-aimée. Bran ! Conduis William au collège de Clifden ! »

Elle approcha ses lèvres fantômes et m'embrassa.

« C'est le cadeau d'une Dé Danann à un Dé Danann, me dit-elle. Puisse ce baiser te porter chance dans les épreuves qui t'attendent. »

Une vent léger se leva, effaçant sa silhouette comme un dessin de sable sur la plage.

chapitre 11

J'atteignis les bâtiments de l'école dans le quart d'heure qui suivit. Bran bondit par-dessus la clôture et stoppa net devant la porte du gymnase. Je sautai à terre et posai mon sac sur les graviers. Rapidement, je sortis les accessoires dont j'avais besoin pour forcer l'entrée. Après quelques manipulations, le verrou céda. Je laissai Bran et me glissai dans la salle, une lampe à la main.

Là-bas ! me dis-je en pointant ma torche sur une grille. Les ballons sont toujours rangés dans ce local.

Je courus jusqu'au cagibi, l'ouvris sans grande difficulté et passai en revue toutes les balles. J'approchai mon oreille des coutures, à l'affût du moindre souffle. Rien !

« Crom Dubh ! dis-je. Êtes-vous là ? C'est moi, William. Réveillez-vous !

— Inutile d'insister, déclara une voix. Crom Dubh ne resterait pas silencieux aussi longtemps. »

Je me tournai et découvris une silhouette fine assise sur une caisse, les genoux blottis contre elle. Ses yeux en amande battaient des cils tandis qu'une lueur bleu-vert scintillait autour de son corps.

« Dynn ! Que fais-tu là ?

— Je t'attendais, répondit-elle d'une voix amusée. Je savais que tu viendrais.

— Tu cherches aussi Crom Dubh ?

— Je l'ai vu en songe. Il criait : "Cet idiot de William m'a confondu avec un vrai ballon !" Alors, je me suis précipitée ici.

— Où est-il ?

— Qui l'a tenu dans ses mains en dernier ?

— Stephen ! Il faut que je l'appelle ! »

Nous rejoignîmes aussitôt Bran.

« Dynn, je te présente le cheval le plus extraordinaire que je connaisse », dis-je en grimpant sur la monture.

La petite créature s'approcha et caressa tendrement l'encolure de l'animal. À ma demande, Bran sauta par-dessus l'enceinte du collège et nous conduisit jusqu'à la cabine téléphonique la plus proche.

« Allô, Stephen ? C'est moi, William. Je sais… c'est un peu tard pour appeler. Mais je dois te demander quelque chose de très, très urgent. Souviens-toi : qui t'a rendu le ballon à la fin du match ?

— Maggie. Pourquoi ? »

Je déglutis.

« Je te pose cette question parce que… ce ballon n'est pas le mien.

— Ah, fit Stephen, gêné. Il faudra régler ça lundi. Ma mère m'appelle. Elle a besoin de moi pour coucher Adrian. Allez… salut !

— Stephen… attends ! J'ai autre chose à te demander.

— Dépêche-toi…

— Tu sais où habite Maggie ?

— Je connais son quartier. Pourquoi ? Ne me

dis pas que tu as un rendez-vous amoureux avec elle.

— Je n'ai pas envie de plaisanter, Stephen !

— Je sais qu'elle habite avec ses parents dans une villa, près du château.

— Merci !

— Eh… William.

— Quoi ?

— Ne fais pas de bêtises.

— Ne t'inquiète pas ! »

Je raccrochai et dévisageai Dynn. La petite créature eut une moue désabusée.

« C'est donc Maggie, lâcha-t-elle.

— Je dois récupérer Crom Dubh ! Maintenant ! »

Nous contournâmes Clifden afin de ne pas attirer l'attention des habitants et débouchâmes sur la Skyroad qui menait au château.

C'est le moment de savoir si je maîtrise toujours aussi bien mon pouvoir d'orientation, me dis-je.

Je savais que la maison de Maggie se trouvait autour de nous. Il suffisait que je mette en pratique le pouvoir que Fiona m'avait enseigné sur le tumulus de Kylemore. Je sautai du dos de Bran et me dressai face au nord. Les yeux fermés, je me concentrai et visualisai l'image du ballon en y associant le nom du géant. Une fois cette information bien ancrée dans mon cerveau, je formulai la demande suivante :

« Je souhaite que mon corps me signale la direction à suivre pour rejoindre Crom Dubh. »

Je pivotai lentement de gauche à droite, tout en restant à l'affût du moindre frisson à l'intérieur de moi. Je venais de réaliser un demi-tour lorsqu'une légère contraction au niveau de mon diaphragme m'alerta.

« Une réponse ? me demanda Dynn.

— C'est par là… »

Bran n'émit aucun doute sur la fiabilité de mon résultat. Il m'emporta au galop dans la direction indiquée. La petite créature volait à une dizaine de mètres au-dessus de nos têtes.

« Vois-tu une villa ? lui demandai-je.

— Oui. Derrière la colline. »

Parvenue près de la maison, Dynn souffla quelques mots à l'oreille de Bran. Le cheval inclina la tête plusieurs fois et s'arrêta.

« Que fait-il ? m'inquiétai-je.

— Je lui ai demandé de nous attendre ici. Sa présence pourrait nous trahir. »

Malgré toutes nos précautions, le chien de la propriété flaira mon odeur et aboya.

« Le vent vient de l'est, signala Dynn. Il faut que nous fassions un détour pour l'avoir face à nous. »

J'obéis et la suivis à travers les sentiers qui jouxtaient la villa. Sa tactique porta ses fruits, car le chien n'aboya plus.

« Attends-moi là ! » me conseilla Dynn.

Elle s'envola jusqu'au portail et fredonna une mélodie. Une silhouette gigantesque s'approcha tout à coup de l'autre côté de la grille. Un dogue ! Dynn traversa la grille et caressa doucement le museau de l'animal.

« Tu peux venir », me dit-elle.

J'avançai et demandai, estomaqué :

« Comment as-tu fait ?

— As-tu oublié que mon rôle est de veiller sur les animaux domestiques ? »

Le chien s'allongea et s'étira sur le dos, les quatre pattes en l'air, en réclamant d'autres caresses. J'en profitai pour grimper par-dessus la grille.

« Néro ! cria soudain une voix de femme. Où es-tu ? »

Le dogue se redressa et partit rejoindre sa maîtresse.

« Sûrement la mère de Maggie, murmurai-je.

— Il est temps que tu t'occupes de Crom Dubh, lança Dynn. Je t'attends ici.

— Mais… le chien !

— Ne crains rien. Il ne te fera aucun mal. »

Pendant quelques secondes, j'en voulus à Dynn de ne pas me suivre, mais la raison de son retrait était évidente : la tête de Crom Dubh avait été subtilisée suite à mon imprudence. Je devais réparer mon erreur et prouver au géant que j'étais capable, seul, de renverser la situation. Alors seulement, peut-être, pourrait-il me pardonner…

Je traversai le parc de la propriété, contournai un plan d'eau et découvris une véranda allumée. Deux silhouettes s'affairaient autour d'une table. Le dîner venait de s'achever et on desservait. Je rejoignis prudemment le mur de la maison resté dans la pénombre. Je le longeai et tombai sur une fenêtre entrebâillée.

« Je ne sais pas où William t'a trouvé, mais tu n'es pas un ballon comme les autres », entendis-je.

C'était la voix de Maggie. Je me penchai et la vis tenir la balle entre ses mains. Elle l'observait sous toutes les coutures. Crom Dubh ne disait rien.

« Vas-y, ordonna-t-elle. Envole-toi comme pendant le match ! »

Le ballon ne réagissant pas, elle le porta à son oreille et le secoua plusieurs fois. Une voix retentit soudain derrière la porte :

« Maggie ! Il est l'heure de te coucher ! Tu t'es brossé les dents ?

— Non ! répondit-elle d'un ton exaspéré.

— Alors dépêche-toi !

— J'arrive ! »

J'attendis qu'elle disparaisse pour pousser le battant de la fenêtre et sauter dans la chambre. À peine avais-je atterri sur la moquette que la porte s'ouvrit à nouveau.

Stupeur ! Je vis d'abord apparaître un museau, puis des oreilles noires. Le dogue du domaine ! Il s'approcha du lit et renifla dans ma direction.

« Gentil… lui dis-je. Gentil, le chien… Je viens juste chercher un ami.

— Te voilà enfin ! s'exaspéra Crom Dubh. J'en ai assez de cette apparence de ballon. Je te promets que… »

Il n'eut pas le temps de finir sa phrase. Le dogue tourna la tête dans sa direction et se mit à le renifler.

« William, qu'est-ce que tu attends ? s'impatienta-t-il. Prends-moi ! »

Je tendis la main, mais l'animal ne me laissa pas le temps d'agir. Il chopa Crom Dubh entre ses crocs et bondit hors de la chambre. Impossible de le suivre sans alerter toute la famille !

Je sortis par la fenêtre, courus dans la pénombre et le rejoignis dans le parc.

« Donne ! commandai-je. Donne ! »

Je voulus l'approcher, mais il s'éloigna et entra dans la mare, le ballon dans sa gueule.

« Pas ça ! cria Crom Dubh. Pas ça ! J'ai horreur de l'eau ! »

Le chien inclina la tête, surpris d'entendre son joujou parler.

« William ! Fais sortir ce chien de la mare !

— Ne craignez rien. J'arrive ! »

Je mis les deux pieds dans l'eau et avançai en direction du dogue.

« Gentil… répétai-je. Gentil… »

J'eus bientôt de la vase jusqu'aux mollets.

« Je ne peux plus avancer. Viens, le chien ! Viens ! Sors d'ici !

— Arrête de faire l'idiot, s'énerva Crom Dubh. Tout ce que tu vas gagner, c'est qu'il m'enterre dans le jardin au milieu de ses os.

— Envoyez-le valser comme nos adversaires pendant le match de football gaélique.

— Il a planté un croc dans une couture ! Je te signale que c'est extrêmement désagréable. »

Un cri déchira soudain la nuit :

« Le ballon ! On a volé le ballon ! »

Maggie venait d'entrer dans sa chambre.

« Néro ! Où es-tu ? Nérooo ! »

Le dogue dressa les oreilles et comprit ce qui l'attendait si sa maîtresse le découvrait avec la balle. Il la lâcha dans l'eau et bondit en direction de la maison.

« Je vais me noyer ! criait Crom Dubh. Je vais me noyer ! »

Impossible de faire un pas sans m'embourber dans la vase. À cet instant précis, une silhouette surgit du toit de la maison. Elle piqua sur la mare, chipa le ballon et l'expédia dans mes bras.

C'était Dynn ! Elle frôla mes cheveux et disparut dans la nuit.

« Cherche, Néro ! entendis-je. Cherche ! »

Maggie avait lancé son chien sur la trace de la balle. Sans plus attendre, je me dégageai de la vase et courus à travers le parc, le précieux ballon entre mes mains.

La texture du cuir fit peu à peu place à une consistance plus molle. Les coutures s'étirèrent en une longue chevelure : la tête de Crom Dubh retrouvait sa vraie forme. J'atteignis le portail, à bout de souffle. J'ignore comment je pus l'escalader. La peur doit vraiment donner des ailes ! Je retombai du côté de la rue et entendis des bruits de sabots. C'était Bran. Je sautai sur son dos et partis au grand galop, serrant prudemment la tête du géant contre moi.

« Je préfère ôter au Vieux Désossé tout espoir de nous dévorer », déclara Crom Dubh de sa grosse voix.

Il gonfla ses joues et émit un souffle si puissant que je faillis le lâcher. Je repensai à l'intervention de Dynn et la remerciai mille fois. Mais pourquoi ne nous avait-elle pas suivis ?

Mes parents étaient endormis depuis bien longtemps lorsque nous arrivâmes à la maison.

« Va, mon ami, soufflai-je à Bran. Va ! Et dis à Fiona combien je l'aime ! »

Le cheval s'ébroua dans la nuit et disparut. Je me dirigeai aussitôt jusqu'à ma fenêtre et grimpai dans ma chambre. En silence, je déposai Crom Dubh sur mon lit et allumai la lampe de chevet.

« Tu es content de toi ? lâcha la tête du géant.

— Je sais, répondis-je. Je suis inexcusable.

— Je ne te le fais pas dire. »

Je découvris, à la lueur de la lampe, que Crom Dubh saignait. Le dogue de Maggie avait laissé l'empreinte de ses crocs sur une narine. Ses cheveux noirs étaient emmêlés et ses oreilles étaient couvertes de vase. Le pauvre ne sentait pas bon. Je tirai une serviette de mon armoire afin de nettoyer sa blessure. Puis je lavai son visage au moyen d'un gant. Après quelques coups de brosse, la tête du géant retrouva une coiffure plus convenable.

« Le dogue m'a bien arrangé », soupira Crom Dubh.

Tout honteux, je n'osais pas répondre.

« Tu avais pourtant bien débuté, continua-t-il

avec dépit. Ce matin, cette racaille de Jeff a été punie comme il se doit. Tu pouvais changer le cours des choses par ta seule volonté, seulement voilà… Grisé par tes exploits, il a fallu que tu gâches tout ! Je te signale que j'ai manqué finir au fond d'une mare à cause de tes asticots. Si tu avais utilisé tes pouvoirs comme je te l'avais demandé, je n'aurais pas eu à intervenir pendant le match de football gaélique.

— Je suis vraiment nul, regrettai-je. Je ne mérite pas de retrouver mes pouvoirs. »

Je faillis lui parler de ma dernière tentative qui s'était soldée par l'apparition d'une multitude de points rouges sur tout mon corps, mais je préférai m'abstenir.

« Il faudrait que tu te prennes en main, petit, me confia la tête de Crom Dubh. Et que tu suives mes instructions, du début à la fin.

— Vous me laissez encore une chance ?

— Tu me fatigues. Arrête de croire que je peux faire la pluie et le beau temps. Maintenant, laisse-moi ! Je vais reprendre l'aspect d'une tête en plastique… au cas où ta mère surgirait. »

En un éclair, son visage se figea et devint un masque synthétique. Déçu, je me couchai et me tournai vers la lampe de chevet. Le géant en avait assez de mes turpitudes. Tu me fatigues ! avait-il dit. Eh bien, moi, je n'étais pas fatigué ! Je me concentrai et exigeai en mon for intérieur que la lampe s'éteigne. Mais l'ampoule resta allumée. Je tendis le bras pour actionner l'interrupteur et plongeai sous les draps, le cœur gros et les larmes aux yeux. Fiona me manquait. Je ne l'avais même pas remerciée pour m'avoir envoyé Bran. Je la savais dans un dolmen, auprès de l'Émeraude qu'autrefois nous gardions ensemble. Déprimé, je préférai ne pas l'appeler.

chapitre 12

« **William, me dit ma mère** en me réveillant le lendemain matin. Si tu veux nous suivre au refuge, lève-toi tout de suite ! »

Je ronchonnai et me tournai dans mon lit, la tête enfouie sous l'oreiller.

« Ça te changerait les idées, insista-t-elle. Je te rappelle qu'on est samedi et qu'on a prévu de pique-niquer à Kylemore. Allez, lève-toi ! »

Je grognai une nouvelle fois.

« Tu es pénible… On ne t'a pas vu de la semaine. Tu pourrais faire un effort !

— Je reste ici ! répondis-je sur un ton péremptoire.

— Laissons-le, décréta mon père. Il nous rejoindra une autre fois. »

Ma mère éteignit ma lampe en lançant :

« Tu te débrouilleras pour manger. Il y a tout ce qu'il faut dans le frigo. »

J'entendis la porte de la maison claquer, la voiture démarrer et s'éloigner. Enfin tranquille ! Je sautai de mon lit, ouvris le store de ma chambre et inspirai les premiers rayons de la matinée. J'avais l'impression que le soleil tout entier entrait dans mon corps. Jamais je n'avais ressenti son action avec autant de bien-être. Ma nature Dé Danann se réveillait-elle à son contact ?

« Tu es prêt ? » retentit soudain une voix.

Je me retournai et croisai le regard le Crom Dubh. De gros cernes déformaient ses yeux. Il ne s'était visiblement pas remis des péripéties de la veille.

« Prêt pour quoi ? demandai-je.

— Pour me ramener à la grotte.

— Mais… je croyais que…

— Que quoi ? gronda-t-il. Je ne t'ai rien promis, à ce que je sache. J'ai réfléchi toute la nuit : tu as laissé passer ta chance. Je ne peux plus rien pour toi.

— Je vous en prie, le suppliai-je. Je me suis trompé, mais je ne recommencerai plus.

— N'insiste pas, s'irrita le géant. Fais démarrer ta machine et reconduis-moi jusqu'à ma grotte.

— Je reviendrai comment ? Sans vous, je suis à la merci du Vieux Désossé.

— Fais ce que je te dis ! Je ne te le demanderai pas une deuxième fois. »

Je baissai la tête, désemparé, et obéis à ses ordres.

La lande baignait dans une clarté lumineuse. Pas un voile de brume ne pointait à l'horizon. Crom Dubh n'eut pas besoin d'intervenir. Le moral au plus bas, j'atteignis le chêne qui marquait le début du sentier magique et lançai la mobylette en direction de la grotte. La vallée était parsemée de fleurs-cotons rivalisant avec les touffes de laine perdues par les moutons. Je me souvins de la pauvre bête qui avait été dévorée par le Vieux Désossé et j'accélérai. Parvenu au pied de la montagne, je laissai la machine contre une butte et repérai, sur le versant, le rocher qui marquait l'entrée de la grotte. Deux jours plus tôt, j'avais quitté cet endroit avec la tête du géant, l'âme remplie d'espoir. Je revenais après avoir gâché toutes mes chances. Quelle désillusion…

« J'ai hâte de retrouver mon corps, avoua Crom Dubh. Je dois reprendre des forces. »

Le géant ne se souciait plus de mon sort. Le cœur lourd, je pris sa tête sous un bras et escaladai la côte. Je prenais soin d'éviter les trous d'eau en sautant de motte en motte. Que je devais paraître gauche avec cette marche chaotique ! À bout de souffle, je réussis à me faufiler dans l'étroit passage qui s'ouvrait au pied du rocher. Après une longue déambulation à quatre pattes, je me redressai. La tête de Crom Dubh s'alluma brusquement, éclairant la grotte immense.

« Ohé ! cria-t-il. C'est moi ! Je suis revenu. »

L'écho reprit plusieurs fois son appel. Nous attendîmes quelques secondes, mais son corps n'apparut pas.

« Descends par le boyau ! » me conseilla la tête du géant.

J'obéis et l'emportai avec appréhension dans le ventre de la montagne. Fiona m'avait révélé qu'elle et moi avions retrouvé l'Émeraude dans ce gouffre, autrefois. Crom Dubh le savait-il ? Au cours de la descente vertigineuse, j'entrevis une roche qui avait l'aspect d'une tête d'ours. Ma mémoire se réveilla.

« C'est là, me dis-je, au pied de ce bloc que j'ai découvert un passage ! Je m'en souviens... Fiona s'y est aventurée et a trouvé notre pierre sacrée. Je la retenais par une corde. Nous avons obturé le trou pour que personne n'y retourne ! »

Je gardai le secret au fond de moi et poursuivis le voyage. Parvenu dans les entrailles du massif, j'aperçus, affalé sur une roche plate, le corps du géant.

« Ah... enfin ! se félicita la tête de Crom Dubh. Dépêche-toi ! »

Je la déposai entre ses épaules. C'était la première fois que je découvrais le géant en entier. Peu à peu, son regard devint plus intense. Ses yeux pétillèrent.

« Ça va beaucoup mieux ! » se réjouit-il.

Il bâilla ostensiblement et ajouta :

« J'ai besoin de repos. Quand ma tête est séparée trop longtemps de mon corps, je m'épuise. »

Il ferma les paupières et se mit à ronfler comme un ours. Ses grosses narines s'écartaient régulièrement pour laisser pénétrer l'air, et la luminosité de son crâne variait selon l'intensité des grognements.

« Crom Dubh… murmurai-je. Vous ne pouvez pas me laisser comme ça ! »

Le géant ronfla de plus belle. Désespéré, j'enfouis ma tête entre mes genoux et versai mes premières larmes Dé Danann.

« Ce n'est pas le moment d'abandonner », entendis-je soudain.

Je sursautai. La voix provenait du corps de Crom Dubh. Quelqu'un était-il caché sous lui ? Je me ressaisis et demandai :

— Qui êtes-vous ? Montrez-vous !

— Je le voudrais bien, répondit la voix, mais il faut que tu m'aides.

— Comment ?

— Soulève la peau de bête. »

J'exécutai les ordres en essayant de ne pas réveiller le géant.

« Tu me vois ? »

Je braquai ma lampe en direction du ventre et reculai aussitôt. Les muscles abdominaux se contractaient et se relaxaient lentement.

« Ça y est, s'exclama la voix. Tu m'as découvert. Je suis un ventre qui parle. Surprenant, non ? Je profite que la tête soit endormie pour m'exprimer. D'habitude, il n'y en a que pour elle ! Tu connais l'expression : "N'en faire qu'à sa tête" ! Eh bien, ici, dans le corps de Crom Dubh, c'est souvent le cas. Sa tête se prend pour le grand chef ! Tiens… je vais te dire un secret : sais-tu pourquoi elle souffle si fort, jusqu'à créer des bourrasques et disperser la brume ?

— Euh… non, répondis-je, décontenancé.

— Parce que le premier monstre que Crom Dubh a tué était un dragon souffleur de vent. Aujourd'hui, les humains ont décrété que ces créatures étaient la personnification du Mal. C'est faux ! Ils incarnent les forces de la Nature : le feu, l'eau, la terre et l'air. En plongeant la lance dans le cœur du dragon souffleur de vent, Crom Dubh a hérité de ses pouvoirs. Voilà, ce n'est pas plus compliqué que ça ! Évidemment, la tête a prétendu que la puissance de son souffle était un don. Pas vrai ?

— Oui… Je m'en souviens.

— C'est normal : elle méprise le reste du corps. Ça l'embêterait de reconnaître que sans les mains qui ont tenu la lance, ou sans les jambes qui lui ont permis de bondir, elle n'aurait jamais pu venir à bout du dragon. Elle t'a aussi enseigné certains pouvoirs en t'interdisant de les utiliser n'importe comment.

— C'est exactement ça.

— Quelle ignorance ! Comment peut-on exiger de quelqu'un qu'il ne fasse pas d'écarts s'il n'a pas libéré son ventre !

— Son ventre ?

— Oui ! Son ventre, répondit l'abdomen du géant. Je parais calme et pourtant, si tu savais tout ce qui peut bouillonner en moi ! Écoute ! »

Le nombril s'ouvrit en grand et lâcha un cri si puissant que les parois de la grotte tremblèrent. Terrorisé, je me réfugiai derrière une énorme stalagmite.

Sitôt le calme revenu, le ventre se mit à gémir, puis à rire.

« Alors, me dit-il. Tu as compris ?

— Non… balbutiai-je.

— C'est pourtant simple. Nous autres, les ventres, hébergeons les émotions : les colères, les peurs, les peines… Nous profitons de la moindre occasion pour les libérer. Si on les retient trop longtemps, on s'expose à de graves problèmes. Rappelle-toi : dès que tu as su exercer ton pouvoir par la volonté, ta colère en a profité pour faire apparaître des asticots dans la viande de ton ennemie. Juste pour satisfaire ta vengeance.

— C'est vrai. J'étais en colère. Mais c'était normal après ce que Maggie m'avait fait.

— Je suis d'accord avec toi, répondit le ventre. Celui qui se fait attaquer éprouve le besoin de se venger. Nos têtes sont intelligentes, mais elles ont du mal à comprendre ça ! Écoute-moi bien, William. Si tu veux retrouver tes pouvoirs, il faudra d'abord que tu libères les émotions accumulées pendant les deux siècles que tu as passés chez les humains.

— Les libérer ?

— Oui, les libérer ! Prends mon exemple : avant mon combat contre le dragon, je courais à travers la lande parmi les cerfs aux bois étincelants. Je chassais le lièvre et le sanglier, et me rassasiais de leur viande. La lune était témoin de mes festins. Quand la tête de mon corps fut tranchée, j'en ai voulu au monde entier. J'ai poussé mon cri de guerre et j'ai tué tous les dragons que je rencontrais. Puis j'ai défié mon père, qui m'avait renié. Je lui ai fait payer tout ce que j'avais enduré à cause de lui. J'ai massacré ses armées à coups de tornades et ça m'a fait du bien ! J'effrayais mes ennemis en brandissant mon crâne. Je combattais comme souffle le vent : libre. Ah, si tu m'avais vu ! J'avais fière allure. Un jour enfin, le soleil éclaboussa de lumière mon armure de chef suprême !

— Vous êtes devenu roi ?

— Et comment ! Même un grand roi ! Tu ne devais pas être très attentif chez les humains. Je suis sûr que mes exploits sont chantés autour des feux, pendant les veillées.

— Pas que je sache », rétorquai-je avec sincérité.

Le ventre se tut, vexé.

« Bon, passons… se reprit-il. En tout cas, l'Irlande entière m'appartenait. Pas une vallée, pas une montagne n'échappait à mon pouvoir.

— L'Irlande entière ?

— Parfaitement ! Une fois ma colère assouvie, j'ai loué la bravoure des guerriers morts au combat. Ensuite, j'ai organisé de somptueux festins. Tous mes sujets étaient invités. Je chantais et dansais à longueur de journée. Ah ! La musique ! J'étais le plus grand danseur que l'Irlande ait connu.

— Vraiment ? Vous dansiez ?

— Et comment ! As-tu jamais connu la transe des tambours ? Il aurait fallu que tu voies mes femmes se déhancher autour du feu. Ah… la danse du ventre ! Un vrai régal !

— Vous aviez tué et massacré… et vous étiez heureux ?

— Je ne me posais pas toutes les questions que tu te poses, mon ami ! Mais je savais une chose : que les mystères de ce monde sont un hymne à la vie. Il faut naître, renaître, et danser à n'en plus finir ! »

Je buvais les paroles du ventre avec une ferveur intense. Leur sens trouvait un écho au plus profond de mon être. Oui… ce qu'il clamait me paraissait juste : il fallait libérer toutes les colères et les haines humaines qui sommeillaient en moi et retrouver ce vent de liberté que le géant vantait si bien.

« Apprécies-tu le goût de notre Terre ? demanda-t-il soudain d'une voix grave.

— Le goût de notre Terre ? »

Les mains de Crom Dubh désignèrent le sol de la grotte.

« Mange ! » lança-t-il.

Je restai pétrifié.

« Mange ! Il faut que tu retrouves la mémoire de notre île. »

La surprise passée, je saisis une pincée de terre humide et la portai lentement à ma bouche. Au contact de ma langue, un goût d'humus, de champignon et de tourbe réveilla des souvenirs. Des saveurs d'enfance remontèrent dans ma mémoire.

La terre d'Irlande était sauvage et savoureuse. Elle descendit dans mon ventre pour s'y dissoudre. Le goût persista longtemps dans ma bouche. Étonné, j'esquissai un sourire. Brusquement, les poings de Crom Dubh frappèrent le sol à cadence régulière. Une vague de sons lourds et puissants m'emporta. À chaque coup asséné par le géant, la terre se soulevait comme un battement de cœur.

« Danse ! cria le ventre. Danse ! »

Ma tête tournait, tournait. Mes bras se balançaient, mon corps s'abaissait et se relevait sans relâche, soumis à des soubresauts incontrôlables. J'ignore combien de temps j'ai dansé, mais lorsque je rouvris les yeux, je me retrouvai affalé sur le sol, exténué.

« Alors, me demanda le ventre. N'est-ce pas agréable de perdre un peu la tête ? »

Ma transpiration se mêlait à la poussière. Je levai les yeux en direction du corps de Crom Dubh et le découvris inerte, les bras collés contre son torse.

« Je… ne comprends… pas, dis-je tout haletant. J'entends encore… un battement sourd. Je croyais que c'étaient vos poings qui…

— Au début, oui. Mais à présent, ce que tu entends est le cœur de la Terre.

— Le cœur de la Terre ?

— Ton passage chez les humains t'a rendu sourd. Mais n'aie pas peur, tes perceptions Dé Danann reviendront peu à peu. »

Le ventre du géant se tut, le temps que je reprenne mon souffle.

« Quels sont les êtres que tu détestes le plus ? demanda-t-il soudain.

— Maggie et sa bande, déclarai-je sans hésiter. Mais encore plus les trafiquants de pierres précieuses qui ont voulu voler l'Émeraude : ils ont trahi mon père et m'ont insulté… en me traitant d'hypocrite.

— Tu leur as fait payer leur affront ?

— Oui, rétorquai-je. Ils ont péri dans l'incendie du refuge de Kylemore.

— Tous ?

— Oui. Tous ! Georg et les autres !

— Tu en es sûr ?

— La complice de Georg n'était pas là pendant l'incendie. C'était sa voisine. Elle a eu le culot de me faire la morale.

— Tu n'as pas réagi ?

— Non, je me suis tu. J'ai été nul et…

— Calme-toi, me coupa le ventre. Tu vois… toute cette rancœur qui s'accumule au fond de toi ne donne rien de bon. C'est ce genre de colère qui peut t'amener à utiliser tes pouvoirs à mauvais escient. Réfléchis à la manière dont tu peux t'en libérer.

— En allant trouver la voisine… En lui disant ce que je pense d'elle.

— C'est ça. Va la trouver ! Et débarrasse-toi de l'odeur fétide de la rancœur. Crois-moi, ton ventre sera soulagé.

— Il y a juste un problème, fis-je remarquer. Le Vieux Désossé ne me laissera pas passer.

— Ah, le Vieux Désossé, soupira le ventre. Dis-moi, est-ce que la tête dort toujours ? »

Je jetai un coup d'œil sur le visage de Crom Dubh et répondis par l'affirmative.

« Alors, je vais la réveiller. Tu lui diras que tu as besoin de son souffle pour traverser la lande. Et gare à elle si elle rechigne !

— Attendez… Je… »

Ma phrase fut couverte par le bruit d'un énorme pet.

« Quoi ! Qu'est-ce qui se passe ? » sursauta la tête de Crom Dubh.

Elle me fixa et demanda :

« Tu es encore là ? N'as-tu pas entendu le tonnerre ?

— Euh, fis-je, un peu gêné. Ce n'était pas le tonnerre… c'était vous… Crom Dubh.

— Moi ? »

Le géant comprit qu'il avait eu des gaz. Il partit dans un rire si fort qu'une stalactite se brisa et se fracassa au fond de la grotte.

« Ça ne m'était pas arrivé depuis longtemps, dit-il. C'est bon de se sentir en vie !

— Crom Dubh… Pourriez-vous m'accompagner à travers la lande pour que je rejoigne Clifden ?

— Je ne vois pas pourquoi je t'aiderais encore, s'énerva la tête du géant.

— Mais, sans votre souffle, je risque de me faire déchiqueter par le Vieux Désossé !

— Il fallait y penser avant…

— Alors, c'est non ?

— Non ! »

Son visage s'assombrit brusquement.

« Aïe ! hurla-t-il en grimaçant de douleur. Qu'est-ce que c'est que ces boyaux qui se tordent dans tous les sens ? C'est insupportable !

— Votre ventre vous tourmentera tant que vous ne voudrez pas m'aider. C'est ce qu'il m'a dit.

— Mon ventre ? gronda la tête crispée. Mais… c'est une mutinerie ! »

Crom Dubh grimaça et maugréa pendant de longues minutes, victime de ses douleurs intestinales.

Finalement, il capitula.

« Je te préviens : si on m'enfonce à nouveau une canine de chien dans la narine, je ne répondrai plus de rien. »

Je rejoignis la mobylette, la tête du géant dans mon sac, et déguerpis au plus vite. Des lapins bondissaient devant ma roue, paniqués par le tintamarre du moteur.

Parvenu sur la chaussée, je filai en direction de Clifden. Il était midi passé et la faim me tenaillait. Je mangerai un cornet de frites en ville, me dis-je.

Après quelques minutes, j'atteignis le tronçon le plus désertique du parcours : un endroit si rude qu'aucun fermier n'avait osé s'y installer. La réputation de cette terre était-elle entachée par les meurtres du Vieux Désossé ? Je m'arrêtai et scrutai les collines alentour. Pas de brouillard en vue. À priori, la voie était dégagée, mais certains aspects du paysage m'intriguèrent. En prêtant un peu plus attention au lac qui s'étendait sur ma droite, je découvris qu'une fine couche brumeuse rampait à sa surface : l'armée du Vieux Désossé approchait sous l'apparence d'une nappe, légère mais traître.

« Crom Dubh ! criai-je en sortant la tête du sac. Soufflez !

— Soufflez… Soufflez… gronda le crâne du géant. Facile à dire ! Je suis enrhumé depuis le bain d'hier soir. »

Un vent ridicule jaillit de sa bouche.

« C'est tout ? paniquais-je. Faites quelque chose ! »

Au-dessus du lac, des milliers de lames tranchantes prenaient forme. Elles allaient nous transpercer, nous déchiqueter ! Je voulus faire demi-tour lorsqu'une explosion terrible déchira la lande. On eût dit qu'une multitude de canons tonnaient en même temps. Je fus propulsé loin de la mobylette, tandis qu'une tornade balaya le brouillard dans un vacarme assourdissant. Crom Dubh venait d'éternuer.

« Pas de blessures ? demanda-t-il.

— Non », répondis-je en redressant la machine.

J'ajoutai :

« À vos souhaits.

— Merci », lâcha la tête du géant.

Des résidus de brume s'accrochaient encore aux rares buissons de la lande, laissant bruire ces murmures :

« Un jour ou l'autre, tu seras en mon pouvoir, William. Je le jure… »

chapitre 13

La villa de Georg faisait partie des maisons construites à l'entrée de Clifden. Depuis sa mort, la propriété était déserte. Celle de la voisine, en revanche, était toujours habitée. J'avais aperçu ses volets ouverts lors de mes précédents passages. Je m'engouffrai dans l'allée et garai le vélomoteur contre un buisson de fuchsias. Mon sac en bandoulière, je gagnai la porte principale. Avant de sonner, je gonflai mes poumons et me stimulai pour affronter la vipère.

« Driiinnnggg ! »

Personne. Je sonnai plusieurs fois… En vain.

Elle est absente, me dis-je. Ce n'est pas grave, je sais comment la localiser.

Je me concentrai et tournai lentement sur moi-même. À un certain moment, je perçus une contraction au niveau de mon diaphragme. Je rejoignis la mobylette et fonçai dans la direction indiquée par le signal. Vingt mètres plus loin, je manquai de me fracasser contre un panneau d'affichage.

« Qu'est-ce qui se passe ? se fâcha la tête de Crom Dubh à l'intérieur du sac. Tu ne peux pas faire attention ? »

Mon pouvoir était-il moins fiable que je le pensais ? J'allais repartir lorsqu'une photo sur l'affiche attira mon attention. Un groupe de personnes était réuni, avec, au tout premier plan… la voisine de Georg ! La publicité annonçait une démonstration de danses dans le hall de la mairie, ce samedi après-midi.

« C'est donc ça ! m'exclamai-je. Le signal m'indique ce lieu !

— Quel lieu ? demanda Crom Dubh.

— Ne vous inquiétez pas. Je suis sûr que vous aimerez. »

Une barquette de frites à la main, j'attendais devant la salle des fêtes de Clifden.

« Ne fais pas le malin, insistait la tête du géant. Dis-moi immédiatement où nous sommes !

— Devant une salle de spectacle, expliquai-je. Les premiers spectateurs arrivent. Les gens viennent en famille.

— En famille ? Pour voir quoi ? »

J'allai répondre lorsqu'une voiture se gara au centre du parking. La conductrice sortit et ferma le véhicule.

Cette coupe de cheveux, cette forme de visage, c'était la voisine de Georg ! Impossible de me tromper.

Juste avant qu'elle atteigne la salle, je l'accostai et l'interpellai sèchement :

« Vous vous souvenez de moi ? »

Elle me dévisagea et réfléchit pendant quelques secondes.

« Non. Pourquoi ? Nous nous sommes déjà rencontrés quelque part ?

— Chez vous ! » répliquai-je.

Quelque chose dans son visage m'étonna : une clarté bienveillante qu'elle n'avait pas lors de notre première rencontre.

« Si tu étais venu chez moi, je m'en souviendrais, déclara-t-elle en s'éloignant.

— Vous m'avez reçu avec Georg, votre voisin. »

Elle s'arrêta net et se retourna.

« Mon voisin ?... Tu m'as vue chez moi avec mon voisin ?

— Oui, celui qui a disparu. »

Un lueur d'inquiétude traversa son regard. Elle se reprit et lâcha :

« Désolée, tu as dû rêver.

— Tu viens ! héla un de ses amis à l'intérieur de la salle.

— Oui, j'arrive ! » répondit-elle.

Furieux d'avoir été aussi vite éconduit, je la rejoignis et la saisis par le bras.

« Je n'ai pas fini ! Je veux...

— Écoute, me coupa-t-elle en se dégageant. J'ignore ce que tu veux, mais ce n'est pas le moment de m'énerver. Je joue dans un quart d'heure. »

Elle me fixa et ajouta, sur un ton plus calme :

« Tu as un billet ?

— Euh... non. »

Elle se tourna vers la billetterie, régla rapidement un ticket et me le tendit.

« Voilà, c'est fait. Si tu veux qu'on discute, rendez-vous ici à la fin du spectacle. Nous reparlerons de tout ça. »

Des gens pressés me poussèrent dans les tribunes. Je serrai mon sac contre moi et réussis à trouver une place sur un banc.

Pourquoi la voisine m'a-t-elle invité ? me demandai-je. Est-ce vraiment elle que j'ai rencontrée aux côtés de Georg ?

« C'est un spectacle de quoi ? murmura la tête de Crom Dubh.

— De musique et de danse », répondis-je d'une voix assez forte.

Surprise, la femme assise à ma gauche se tourna et m'observa longuement.

Pauvre gamin, devait-elle se dire. Il parle tout seul !

« De la musique ? grommela la tête du géant. Il faut que je parte d'ici tout de suite ! »

La femme chercha des yeux qui avait prononcé ces paroles. Je poussai discrètement mon sac sous le banc et lui adressai une moue innocente. Je me promis de ne plus répondre à Crom Dubh et passai en revue les spectateurs. Parmi eux figurait madame Collins, la professeur aux grosses lunettes noires. Elle était accompagnée de son mari. Juste derrière elle était assis monsieur Dubty, le professeur d'irlandais. Fidèle à son habitude, il se curait le nez. Même en public ! Quelqu'un, sur ma gauche, me fit un signe de la main : la mère de Stephen, avec Adrian dans ses bras. L'enfant avait le dos arqué et bavait continuellement. Sa présence me mettait toujours aussi mal à l'aise.

« Je dois partir ! fulminait Crom Dubh. Je dois partir ! »

Agacée, ma voisine de gauche fronça à nouveau les sourcils. Le géant n'allait pas me faire une scène pour un simple spectacle ! Je repensai aux paroles de la complice de Georg, juste avant d'entrer dans la salle, et je me dis :

« Elle a prétendu qu'on ne s'était jamais rencontrés. Évidemment, elle ment. Elle est peut-être un esprit maléfique ! Seule Fiona pourrait le vérifier. »

Je me levai en emportant le sac et me réfugiai dans les toilettes pour hommes.

« Ça y est ? gronda Crom Dubh. Tu m'écoutes enfin ? Je vais t'expliquer pourquoi je veux partir.

— Chut ! le coupai-je. Je vais vous laisser

dans cette cabine. Ne vous inquiétez pas, ce ne sera pas long.

— Dans une cabine ? Pourquoi ? »

Je déposai le sac au pied des W-C et refermai la porte.

« J'exige des explications ! grondait le géant. Je n'ai rien à faire dans cet endroit sordide ! J'ai été roi d'Irlande et… »

Je le laissai protester derrière la porte et procédai au rituel de connexion.

« Anga ! » prononçai-je en écartant les bras.

Devant mes yeux, une gerbe de flammes vertes laissa la place à un écran de brume. Le fantôme apparut. Fiona était vêtue de sa belle robe blanche et sa cascade de cheveux roux dégageait une sensualité troublante. Face à tant de noblesse, j'eus soudain honte de l'avoir invitée en ce lieu.

« Pourquoi m'as-tu appelée ? demanda-t-elle.

— J'ai retrouvé la voisine de Georg, celle qui m'a fait la morale la semaine dernière. Mais j'ai des doutes sur sa nature. C'est peut-être un esprit maléfique. »

Avant de répondre, Fiona jeta un coup d'œil autour d'elle.

« Tu aurais pu choisir un lieu plus romantique.

— Désolé, répondis-je, tout penaud. Je n'ai pas trouvé de meilleur endroit.

— Quelle est cette voix qui ronchonne derrière la porte de la cabine ?

— Crom Dubh. Tu m'as prévenue qu'il ne fallait pas qu'il connaisse notre relation. »

Fiona approuva ma prudence.

« Pourquoi as-tu voulu revoir la voisine de Georg ? me demanda-t-elle.

— Pour lui faire payer son arrogance.

— Et où est-elle ?

— Elle va entrer sur scène avec d'autres musiciens. C'est une brune aux cheveux mi-longs.

— Si tu suspectes un esprit d'avoir pris l'apparence d'un homme ou d'une femme, pique-le au niveau du cou avec une pointe, expliqua le fantôme de ma bien-aimée. Il éprouvera tant de douleur qu'il hurlera, s'évanouira et préférera rejoindre l'Invisible plutôt que de souffrir dans ce monde-ci. Je vais te faire une démonstration. »

Elle leva les bras et se volatilisa. Je rouvris aussitôt la porte de la cabine et saisis mon sac.

« Ce n'est pas trop tôt ! rouspéta Crom Dubh. Une tête qui va aux toilettes… on n'avait encore jamais vu ça ! Combien de temps devrai-je subir tes bêtises ?

— Excusez-moi, lui dis-je. Mais je n'avais pas le choix. »

Je rejoignis la salle de spectacle et retrouvai ma place près de la spectatrice au regard méfiant. Sur scène, quatre musiciens se préparaient : un violoniste, un accordéoniste, un joueur de tin whistle[1] et la complice de Georg, un bodhran[2] à la main.

« Je dois partir ! insistait Crom Dubh. Sinon… Sinon… »

Ses derniers mots furent couverts par le son des instruments : les musiciens se lancèrent dans une jig entraînante. Des danseuses se présentèrent et commencèrent un numéro de step-dancers. Le torse raide, les jambes droites, elles claquaient des pieds avec une rapidité époustouflante. Leurs pas étaient variés et compliqués.

Elles ressemblaient à des poupées, avec leurs robes à manches longues, serrées à la taille et

1. Tin whistle : petite flûte métallique très répandue dans les groupes musicaux irlandais.
2. bodhran : tambourin irlandais frappé par un bâton tenu comme un crayon.

ornées de motifs géométriques très colorés. Je sentis des secousses dans mon sac. Crom Dubh battait-il le rythme ?

« Écoute-moi, bon sang ! s'énervait-il. Partons d'ici ! »

Le fantôme de Fiona apparut soudain sur scène. Personne d'autre que moi ne pouvait le voir. Il s'approcha lentement de la complice de Georg sans qu'elle soupçonne quoi que ce soit et lui planta son ongle dans le cou. À la stupeur générale, la musicienne sursauta. Elle se retourna pour savoir qui l'avait piquée. Ne découvrant personne, elle s'excusa auprès du public et, très gênée, se rassit. Ce n'était pas un esprit ! Le spectre de Fiona s'évanouit en un clin d'œil.

Quelques secondes après cet incident, les danseuses quittèrent la scène, laissant la place à un vieil homme au crâne dégarni et aux joues parsemées de taches de rousseur. Il avait fière allure avec sa chemise irlandaise rayée et son pantalon du dimanche. Le sourire aux lèvres, l'artiste se lança dans un exercice de claquement de pieds au style étonnant. Ses mouvements fluides tranchaient avec la sévère technicité des step-dancers précédentes. Sous son apparente décontraction se devinait une impressionnante maîtrise.

« C'est un spécialiste du Sean Nos, un style ancien improvisé, m'expliqua la spectatrice assise à ma droite. C'est typique du Connemara. »

J'aurais dû me douter que la tête de Crom Dubh ne tiendrait pas en place. Mon sac sauta brusquement en l'air, rebondit sur les crânes des spectateurs et atterrit sur la scène.

« Crom Dubh ! » m'exclamai-je.

Mon appel se perdit dans le brouhaha général. Le calme revenu, le danseur demanda :

« À qui est ce sac ?

— Euh… à moi », répondis-je en levant le bras.

Il prit la salle à témoin et s'esclaffa :

« Ce doit être ce qu'on appelle un sac kangourou ! »

Le public partit à rire. Comme le sac n'arrêtait pas de rebondir, le vieil homme invita les musiciens à reprendre leur mélodie. Certains spectateurs, abasourdis, écarquillaient les yeux. D'autres, persuadés qu'il s'agissait d'une plaisanterie, riaient à gorge déployée. Craignant que la situation ne dégénère, je me frayai un chemin entre les bancs et rejoignis la scène. À mon approche, les musiciens cessèrent de jouer et le sac s'immobilisa.

« Euh… excusez-moi, bafouillai-je en m'adressant au danseur. C'est un… gadget que j'ai rapporté… de voyage. Je ne voulais pas… interrompre le spectacle. »

Le vieil homme me donna une tape amicale sur l'épaule.

« Je n'avais encore jamais vu un sac danser en rythme ! annonça-t-il en riant. On peut voir ce qu'il y a dedans ?

— Non ! » criai-je.

Trop tard. Le vieil homme tira sur une anse. Cette dernière se cassa et le crâne de Crom Dubh roula sur les planches, comme la tête d'un guillotiné. Ses longs cheveux sales finirent par l'immobiliser. Quel spectacle effrayant que ce crâne hideux faisant face aux spectateurs ! Silence de mort dans la salle… jusqu'à ce que la tête du géant cligne des yeux. Une femme hurla d'épouvante. La panique s'empara du public, qui se précipita vers la sortie. Le danseur tenta de calmer la foule.

« C'est sûrement une farce ! criait-il. Une farce ! »

Profitant du chaos, je ramassai la tête du géant, la replaçai dans le sac, quittai la salle par les coulisses et me réfugiai derrière une voiture du parking.

« Qu'est-ce que vous avez fait ? criai-je après Crom Dubh. Tout Clifden vous a vu ! De quoi je vais avoir l'air, maintenant ?

— Ne me parle pas sur ce ton ! répondit la tête. Si tu m'avais écouté, nous n'en serions pas là ! La musique me met dans tous mes états, tu comprends ? Je ne me contrôle plus dès qu'un rythme entraînant arrive à mes oreilles. C'est plus fort que moi ! »

Je me souvins des paroles du ventre concernant l'ivresse de la musique.

« Désolé…

— Désolé ! Désolé ! maugréa Crom Dubh. Tu ne sais dire que ça ! Quand parviendras-tu à agir avec conscience ? Tu crois que c'est agréable pour moi d'être exhibé devant des humains ?

— Comment faites-vous ? Vous avez un ressort dans la tête ?

— Je fais ce que je veux ! Ma tête peut bondir, cracher, mordre, souffler, grogner, ronfler, roter… J'en passe, et des meilleures. Quand je pense que je suis le plus grand roi danseur que l'Irlande ait jamais connu… et que je me suis ridiculisé sur cette scène déplorable. C'est lamentable ! »

Je ne pus m'empêcher de pouffer de rire.

« Ça t'amuse ? gronda le géant.

— Ben… C'est comme vous. C'est plus fort que moi.

— Arrête avec ton insolence ! Tu n'as donc pas d'éducation ?

— Justement, le coupai-je. À propos d'éducation et de morale, on ne peut pas dire que ce soit le mensonge qui vous étouffe. Vous m'avez dit que votre souffle était un don de la nature, mais je sais que vous avez dérobé ce pouvoir au dragon souffleur de vent.

— Qui t'a dit ça ?

— Peu importe, je le sais.

— C'est le ventre, j'en suis sûr. Il est toujours jaloux, celui-là.

— En tout cas, il a…

— Alors, me coupa tout à coup une voix féminine. On fait rire et pleurer les foules ? »

Je me retournai et découvris la voisine de Georg, son bodhran à la main.

« Je me doutais que tu te cachais dans ce parking.

— C'est-à-dire que…

— Je ne sais pas qui t'a donné ce gadget hideux, ajouta-t-elle en désignant la tête de Crom Dubh, mais la prochaine fois, enlève les piles ou attache ton sac.

— …

— Tu as dit tout à l'heure que tu m'avais vue à mon domicile, la semaine dernière ?

— Oui…

— Tu es à vélo ?

— J'ai une mobylette.

— Alors, suis ma voiture. On va discuter de tout ça chez moi. »

Je quittai discrètement le parking et suivis le véhicule de la voisine. Que voulait-elle me dire ? Avais-je eu raison d'accepter son invitation ? Parvenue à son domicile, la femme gara sa voiture et ouvrit la porte de sa maison.

« Je m'appelle Priscilla Conway, déclara-t-elle en me proposant d'entrer. Je ne sais pas qui tu es, mais ton témoignage m'intéresse. Je rencontre partout des gens qui prétendent m'avoir aperçue chez moi, il y a quelques jours, alors que j'étais dans un lit d'hôpital à Galway pour une opération des intestins. »

Je l'observai, me demandant si je devais la croire. Crom Dubh semblait s'être endormi dans mon sac, car je ne le sentais plus bouger.

« Tu m'as dit que tu étais venu ici la semaine dernière, c'est ça ? continua-t-elle en posant ses affaires sur le canapé.

— Oui. Je suis tombé sur vous. Georg, votre voisin, était là.

— Impossible ! » affirma-t-elle.

Je la fixai pendant quelques secondes et constatai qu'elle n'avait pas cet air cynique et sévère qui m'avait tant déplu lors de notre première rencontre. L'impression agréable qu'elle m'avait donnée sur le parking, juste avant le spectacle, se confirmait. Peut-être cachait-elle son jeu ?

« J'ai sonné pour vous demandez si vous saviez où était votre voisin, récapitulai-je. Vous m'avez ouvert et je suis entré. Georg était assis sur ce canapé. C'est tout. Nous avons discuté cinq minutes et je suis parti.

— C'est tout de même un comble ! s'énervat-elle. Une femme qui me ressemble a pris mon identité pendant toute la période où j'étais à l'hôpital. Elle a disparu quand je suis rentrée. Aucune trace d'elle ! La seule chose que je sais, c'est qu'elle a eu le temps de se lier avec mon voisin.

— Et vous ? Vous connaissiez Georg ?

— Pas du tout. On ne se parlait pratiquement jamais. Mais je suis certaine que sa mort a un rapport avec cette femme.

— Vous en avez parlé à la police ?

— Ils ne me croient pas. Ils se moquent de moi quand je leur explique qu'un sosie a pris ma place pendant que j'étais hospitalisée. »

Priscilla Conway était-elle sincère ? Si ce n'était pas elle qui m'avait reçu en compagnie de Georg, qui était alors ce « sosie » qui avait profité de son absence ?

« J'ai l'impression… d'être folle, balbutia-t-elle en s'asseyant sur le canapé. Ce soir, pendant le spectacle, j'ai ressenti une douleur dans le cou. Brutalement… sans explication. »

Elle enfouit son visage entre ses mains et se mit à pleurer. Je tentai de la réconforter :

« Vous savez… il existe beaucoup de phénomènes inexpliqués dans la région. »

Elle redressa la tête et me regarda droit dans les yeux :

« Je sais qu'il existe des choses qu'on ne peut pas expliquer. Mais quand ça vous arrive… c'est épouvantable. C'est pire qu'un cauchemar. Cette femme… elle peut revenir. Elle peut prendre ma place pour de bon. Tu comprends ?

— Je ne crois pas, répondis-je. Je pense plutôt qu'elle a profité de votre absence pour se rapprocher de votre voisin. Elle a saisi cette occasion. Peut-être a-t-elle une responsabilité dans sa mort. Mais à présent, c'est fini. Elle n'a plus de raisons de revenir. Il faut essayer d'oublier, de ne plus y penser. »

Priscilla Conway sécha ses yeux et m'observa longuement.

« Et toi, qui es-tu ? demanda-t-elle. Tu parles comme un adulte. Tu n'as pourtant pas plus de douze ans… pas vrai ? »

J'acquiesçai.

« Tu fais peut-être partie de ce complot ! Pourquoi as-tu voulu me rencontrer ?

— Parce que cette femme qui vous ressemble a voulu me culpabiliser en me donnant une leçon de morale. »

Je regardai ma montre et lus dix-huit heures.

« Il faut que je rentre. »

Je repris mon sac et me dirigeai vers la sortie. Priscilla Conway annonça soudain :

« Des personnes ont entendu une conversation entre mon voisin et cette femme. Il paraît qu'il l'appelait "Mornie". Ça te dit quelque chose ? »

Je réfléchis et répondis par la négative.

« Tant pis ! conclut-elle, le regard vide. Tant pis… »

chapitre 14

Mes parents étaient déjà à table lorsque je suis rentré à la maison. L'accueil fut glacial.

« On peut te demander d'où tu viens ? lâcha mon père.

— J'ai fait un tour à Clifden, répondis-je. J'ai assisté à un spectacle. »

Je gagnai ma chambre, ouvris mon sac et constatai que la tête de Crom Dubh s'était endormie, probablement épuisée par sa danse frénétique. De retour dans le salon, je m'attablai et écoutai mes parents évoquer la reconstruction de Kylemore. Ils semblaient abattus par l'ampleur des travaux.

« Nous irons fleurir la tombe de Sean demain, annonça ma mère en me tendant le saladier. Tu viendras avec nous ?

— Si c'est pour Sean, répondis-je spontanément, je vous accompagne sans problème. »

Le vieil homme avait consacré toute sa vie à veiller sur le refuge de Kylemore et sur Fiona, avant d'être victime de Georg et des trafiquants de pierres précieuses.

« Et ce soir, que comptes-tu faire ? demanda mon père.

— Lire… J'ai tellement bougé aujourd'hui.

— Nous avons besoin de nous changer les idées, continua-t-il. Nous partons faire un tour à Galway.

— On te laisse la maison, ajouta ma mère. Mais avant de te coucher, fais-moi plaisir et mets à l'abri les fleurs qui sont dans les bacs. La météo annonce une tempête.

— Une tempête ? » s'étonna mon père.

Ma mère insista en me servant une part de gratin :

« C'est ce que j'ai entendu. Tu n'oublieras pas ?

— Promis », répondis-je d'un ton las.

Sitôt mes parents partis, je me calai dans le canapé et me remémorai les événements de la journée. Je n'avais pas eu l'occasion de libérer les colères et les rancœurs humaines qui m'habitaient, comme me l'avait recommandé le ventre de Crom Dubh. Peut-être avais-je été trompé par cette Priscilla Conway ? Peut-être avait-elle joué la victime pour échapper à ma vengeance ?

Pourquoi ne pas téléphoner à l'hôpital de Galway pour en avoir le cœur net ? me dis-je. Ils pourront me dire si cette femme a bien été hospitalisée chez eux et me préciser quand elle est sortie.

J'obtins le numéro grâce aux renseignements téléphoniques et eus la confirmation, par le standard de l'hôpital, qu'une Priscilla Conway était bien sortie trois jours auparavant, après une opération des intestins. La joueuse de bodhran avait dit la vérité. Je réfléchis et aboutis à cette conclusion : la Priscilla Conway que j'avais rencontrée une semaine plus tôt aux côtés de Georg était probablement un esprit. Sous l'apparence de la voisine, il avait gagné la confiance des trafiquants de pierres pour obtenir d'eux des informations sur la cachette de l'Émeraude. Ça tenait debout. Un dernier point me tracassait : pourquoi cet esprit s'était-il fait appeler Mornie ?

Je rejoignis la chambre de mes parents, ressortis le *Grand Guide des Esprits Irlandais* et cherchai à la lettre M s'il existait une Mornie. Je fus déçu. Aucun nom ressemblant à celui-ci n'était mentionné.

Crom Dubh a peut-être la réponse, me dis-je.

Je rejoignis ma chambre et entendis la tête du géant ronfler à l'intérieur de mon sac. Je le pris entre mes mains et le posai sur l'étagère.

« Crom Dubh ! Réveillez-vous !

— Quoi ? Quoi ? » sursauta-t-il.

Il faillit chuter sur le sol.

« Calmez-vous. C'est moi, William.

— Où suis-je ?

— Dans ma chambre.

— J'étais en train de rêver que toutes mes épouses se déhanchaient autour de moi. Elles m'offraient une magnifique danse du ventre ! »

Il me regarda de ses yeux fatigués et ajouta :

« J'espère que tu as une bonne raison pour me réveiller.

— J'ai une question importante à vous poser.

— Ah ? » fit-il en écarquillant un œil.

Je souris et confiai :

« Excusez-moi pour tout à l'heure. J'y suis allé un peu fort. Je vous suis très reconnaissant pour toute l'aide que vous m'apportez depuis notre première rencontre.

— Bon... Bon... lâcha-t-il, visiblement embarrassé. Pose ta question.

— Connaissez-vous une Mornie ?

— Une Mornie ? »

Les yeux du géant se dilatèrent et des flammes jaillirent de ses pupilles.

« J'espère que tu ne m'as pas sorti de mon rêve pour ça !

— C'est... très... important, balbutiai-je.

— IMPORTANT ? Qu'est-ce qui est le plus important ? Que je réponde à cette question stupide ou que je rêve des plus belles femmes qui ont compté dans ma vie ? Sors d'ici tout de suite ! »

Je me dirigeai, accablé, vers la porte de ma chambre, quand la voix de Crom Dubh résonna une dernière fois :

« Je ne connais pas de Mornie ! »

Déçu, je rejoignis le salon et m'affalai sur le canapé.

Peut-être devrais-je appeler Fiona une nouvelle fois ? pensai-je.

Je m'endormis sans m'en rendre compte, toutes lumières allumées. Les péripéties de la journée m'avaient éreinté. Je me réveillai une heure plus tard en m'en voulant d'avoir succombé au sommeil.

Les bacs à fleurs ! me rappelai-je soudain.

Je m'étirai comme un vieux chat courbatu et gagnai le seuil de la maison. Dans le ciel nocturne, la lune resplendissait, baignant la cour d'une lumière cendrée. Les chênes dressaient leurs inquiétantes silhouettes.

Je comptai six bacs à fleurs soigneusement disposés par ma mère autour du puits. Je sortis en traînant les pieds, soulevai un bac et le portai dans la remise. Avant de retourner vers le puits, je jetai un coup d'œil au fond de l'appentis et repérai une brouette au milieu des râteaux et des pioches.

Parfait, me dis-je. Elle m'évitera de faire plusieurs allers-retours.

Je la saisis par les poignées, lorsqu'un froissement de tissu m'alerta. Je levai la tête et remarquai un sac accroché aux poutres. Il n'était pas seul. Deux, trois, quatre… dix autres pendaient au plafond ! Des corps chutèrent lourdement.

Les lépréchauns maléfiques !

Je lâchai la brouette et courus à toutes jambes jusqu'à la maison. Trop tard ! Les gnomes m'attendaient dans la cour avec leurs oreilles écorchées, leurs nez enflés et leurs visages couverts de pustules. Leurs ongles acérés luisaient sous la lune. Je reculai pour saisir un bâton, mais mes pieds s'emmêlèrent. Je trébuchai et m'étalai de tout mon long. Des mains et des doigts m'agrippèrent. Les lépréchauns ricanaient. Ils me tiraient de tous les côtés et me retournaient comme une crêpe.

« Crom Dubh ! criai-je en me débattant. Crom Dubh ! »

Je crus qu'ils allaient m'arracher les membres.

« Il est à nous ! hurlaient des lépréchauns.

— Non ! À nous ! » répondaient d'autres.

Ils commencèrent à se battre entre eux. Profitant de cette bousculade, je me dégageai et courus comme un fou en direction de la maison.

Alors que j'atteignais le seuil, un couvercle de poubelle atterrit sur ma tête. Les gnomes déchaînés gesticulaient autour de moi en me tirant par les cheveux. Fou de douleur, je saisis l'un d'eux par le pied et le projetai en l'air.

« Oh, oh ! fit un lépréchaun. Notre ami s'énerve. Finissons-en ! »

Il brandit un sécateur… mais stoppa son geste avec un regard d'épouvante. Je me tournai et découvris la tête de Crom Dubh sur le pas de la porte.

« Non… Pas lui ! bredouilla le lépréchaun.

— Accroche-toi, petit ! » m'avertit le géant.

Tandis que je m'agrippai à une racine de glycine, Crom Dubh gonfla ses joues et souffla de toutes ses forces. La racine céda et je fus soulevé de terre. Je me souviens avoir percuté la margelle avant de tomber dans le puits. La poulie crissa et une eau glaciale amortit ma chute.

Pendant quelques secondes, j'entendis les lépréchauns hurler. Puis vint le silence. J'avais pied, mais l'eau montait jusqu'à ma poitrine. J'étais frigorifié. Seul dans le noir, au fond du trou, je n'osais plus bouger. Un clapotis me fit soudain comprendre que quelque chose flottait devant moi. Mon cœur s'arrêta de battre. Qu'était-ce ? Je tendis fébrilement un bras et sentis… un seau. Il avait dû chuter avec moi. Son anse était encore accrochée à la corde. Je tirai prudemment sur elle et constatai qu'elle était fixée à la poulie, plusieurs mètres au-dessus de ma tête. Si je parvenais à grimper, qui m'accueillerait dans la cour ? Crom Dubh ? Les gnomes ? Mes dents claquaient de peur et de froid. Je repensai aux lépréchauns qui m'avaient tendu leur piège et me dis que le Vieux Désossé leur avait probablement ordonné de m'éliminer. Un énorme « plouf » retentit soudain à mes côtés et une giclée d'eau m'éclaboussa. Terrorisé, je soulevai le seau et le brandis pour me défendre.

« Mmm… Mmm… » entendis-je.

Je reculai et plaquai mon dos contre la paroi du puits.

« Mmm… Mmm… »

Je tendis le bras et… sentis une tête chevelue.

« Crom Dubh ? chuchotai-je.

— Mmm… Mmm… »

Un tissu entourait la base de son crâne.

« Ils vous ont bâillonné ? Attendez… je vous libère.

— Pouahhh ! cracha-t-il en aspergeant généreusement mon visage. J'ai horreur de l'eau ! Ils le savent bien ! Ils m'ont eu par traîtrise. L'un d'eux a réussi à se faufiler derrière moi et m'a presque assommé ! Les lâches ! »

Tout d'un coup, la poulie crissa et la corde se tendit. Qui tirait ? Les lépréchauns maléfiques ? Mon cœur s'accéléra. Sans me poser plus de questions, je posai la tête de Crom Dubh dans le seau et m'agrippai à la corde. Nous nous élevâmes lentement. Crom Dubh me parlait, mais ses paroles se perdaient au milieu des grincements assourdissants de la poulie. Peu à peu, je vis apparaître le toit de notre maison, puis le haut des fenêtres.

Lorsque nous parvînmes enfin à l'air libre, tout semblait étrangement calme. La corde tendue à l'extrême traversait la cour et disparaissait derrière des buissons. Après plusieurs tentatives infructueuses, je réussis à m'accrocher au rebord du puits.

« Il n'y a personne dans la cour, dis-je à Crom Dubh. Je vais voir qui tire la corde.

— Prends-moi avec toi ! ordonna la tête du géant. Ne me laisse pas dans le seau ! »

Je sautai et restai debout, les jambes flageolantes. L'eau dégoulinait de mes vêtements.

« Qu'est-ce que tu attends ? s'énerva Crom Dubh. Sors-moi de là ! »

Ignorant ses ordres, je longeai la corde et distinguai une masse sombre, imposante, dans l'ombre les buissons.

« Bran ! »

Je me précipitai vers lui et serrai son encolure entre mes bras.

« Bran ! Bran ! Tu m'as sauvé ! »

Le cheval tenait la corde entre ses dents. Je me redressai et croisai son regard. Une grande tristesse m'envahit.

Je t'ai connu jadis plus combatif, entendis-je au fond de moi. Tu puisais ta force dans le souffle du vent et la houle de l'océan. Tu défiais vaillamment tous tes ennemis. Te voici aujourd'hui plus proche de la souris craintive que des nobles représentants de ton peuple. Un puits ! Qui aurait cru que le valeureux Dé Danann que tu es se retrouverait un jour coincé au fond d'un puits !

Le cheval balança sa tête d'un air désabusé.

« William ! Où es-tu ? » gronda à nouveau Crom Dubh depuis l'intérieur du seau.

Accablé, je ne l'entendais pas.

« Bran… murmurai-je. As-tu… des nouvelles de Dynn ? Je m'inquiète pour elle. Souviens-toi, elle a disparu quand nous étions chez Maggie.

— Elle n'a pas pu vous rejoindre, annonça le cheval. Elle est tombée dans les griffes du Vieux Désossé, qui l'a taillée en pièces.

— Taillée en pièces ? Tu veux dire qu'il l'a… »

Bran ne me laissa pas le temps de finir ma phrase. Il lâcha la corde et s'éloigna vers le portail de la cour, me laissant seul, désemparé. Le seau chuta à nouveau au fond du puits.

« Aaahhh… » hurla Crom Dubh en retournant dans l'eau.

Je baissai la tête et pleurai toutes les larmes de mon corps.

« Content de la petite leçon ? retentit soudain une voix moqueuse.

— On se croyait un Dé Danann… et en fait on n'est qu'un lâche, incapable de défendre ses amis ! »

Les lépréchauns revenaient à la charge. Je restais immobile, sanglotant en silence.

« Il tombe de haut ! ironisa une autre voix. C'est bien fait pour lui. Il ne redeviendra jamais le guerrier qu'il était !

— Il trempait au fond du puits ! ricana un troisième lépréchaun. Il aurait pu se noyer comme un rat ! »

Une brise légère se leva, s'infiltrant dans mes narines et gonflant mes poumons. J'eus l'impression que chacune de mes cellules vibrait à l'unisson.

Les voix se turent, puis reprirent, avec quelques inquiétudes :

« Vous avez senti… ce souffle ?

— Vous croyez que…

— Non ! C'était juste une brise.

— C'est sûrement le Vieux Désossé. Il veut qu'on en finisse.

— Déjà ? J'aurais tellement aimé m'amuser encore un peu. Le torturer, par exemple ! Rappelez-vous quand il était un de ces satanés Dé Danann : il ne nous faisait pas de cadeaux. Laissez-moi l'humilier une dernière fois ! »

Un pot de fleurs voltigea à travers la cour et retomba sur mon crâne, me coiffant comme un clown. Je ne réagis pas. Une volée de rires retentit dans la cour.

« Qu'il est beau, le puissant guerrier ! ricanaient les lépréchauns. Qu'il est noble et valeureux ! Non seulement il ne sait plus se battre, mais il met la vie des autres en danger. Savez-vous comment a fini la petite Dynn ? »

Mon sang se mit à bouillir.

« Réduisez-le en miettes avant que sa colère ne se réveille ! » ordonna un gnome.

Les lépréchauns se ruèrent sur moi. Mais j'avais déjà ôté le pot de mon crâne pour le jeter sur la horde. Hurlant comme un fou, je saisis le premier esprit qui se présenta, le pris par un pied et le fis tournoyer pour faucher mes agresseurs.

« Retournez dans vos trous, criai-je. Allez-vous en ! »

La colère jaillissait de mon ventre, incontrôlable. Elle gonflait et explosait comme une tornade. Les lépréchauns, culbutés, éjectés, assommés, finissaient disloqués dans les branches des arbres, sur le toit de la maison ou contre les murs. Rien ne pouvait m'arrêter. Du moins le croyais-je, car après de longues minutes de combat effréné, le foyer à l'intérieur de mes entrailles s'éteignit. Épuisé, je jetai sur le sol le lépréchaun qui m'avait servi à faucher mes ennemis et posai ma main sur mon ventre. Je ne sentais plus rien.

« On va te faire payer ce carnage ! » a lancé un lépréchaun en ouvrant des mâchoires menaçantes.

Il ne put parler davantage. Les phares d'un véhicule inondèrent la cour, repoussant instantanément mes ennemis. Mes parents rentraient de Galway ! Ma mère sortit de l'auto et courut jusqu'à moi.

« William ! Que t'arrive-t-il ? Pourquoi es-tu trempé ? »

Je regardais, hébété, les corps des lépréchauns accrochés un peu partout autour de la propriété. Ni mon père, ni ma mère ne pouvaient les voir.

« Ça va », répondis-je.

Je n'en dis pas plus. Je quittai le champ de bataille et pénétrai dans la maison. Mes parents m'avaient sauvé, sans le savoir. Une fois dans ma chambre, je me dévêtis, m'essuyai et me couchai, exténué, avec l'étrange sensation de m'être vidé d'un lourd fardeau. Au fond du puits, un écho répétait :

« William ? Où es-tu ? Tu ne vas pas me faire ça ?! Tu ne vas pas me laisser croupir dans l'eau ? »

chapitre 15

Contrairement à ce qu'avait annoncé ma mère, la nuit fut tranquille. Pas de tempête, ni de volets qui claquent, ou de bourrasques qui hurlent dans les cheminées. À mon réveil, le lendemain matin, je restai plusieurs minutes les yeux ouverts dans l'obscurité. La bataille contre les gnomes avait-elle été réelle ? Avais-je rêvé ? Je sentis une paix inhabituelle au plus profond de moi. Je respirai calmement et visualisai le visage de Fiona. Ses lèvres se posaient sur les miennes et nous échangions un long baiser empli de tendresse. Je sautai du lit et me précipitai pour ouvrir le store. Ébloui par la soudaine clarté, je me frottai les yeux puis dirigeai mon regard de tous les côtés. Aucun léprechaun en vue. Une racine de glycine, en revanche, jonchait le sol : celle à laquelle je m'étais agrippé quand Crom Dubh avait soufflé pour disperser les gnomes. Je n'avais donc pas rêvé. Les léprechauns avaient voulu me tuer. Bran m'avait sorti du puits. Je me souvins des terribles nouvelles concernant Dynn. Elle avait été massacrée par le Vieux Désossé. Une douleur atroce me comprima la poitrine. Dynn était morte… Des larmes coulèrent de mes yeux.

Comment oublier son sourire malicieux, ses yeux diaphanes… Je pris à témoin les cimes du Connemara et jurai que le Vieux Désossé paierait pour ce crime. Au même moment, des lamentations parvinrent du puits.

« Crom Dubh ! » m'écriai-je.

Je sautai par la fenêtre et courus jusqu'à la margelle. Là, j'actionnai la manivelle aussi vite que je pus pour remonter le seau.

Comment ai-je pu l'oublier ! pestai-je contre moi-même. Cette fois, il va m'étriper !

Le seau apparut après de longs efforts. Je l'attrapai et le posai sur le rebord du puits. La tête de Crom Dubh était à l'intérieur, toute tremblotante de froid.

« Jamais, fulmina le géant, jamais je n'avais subi un tel affront ! Choisis tes armes !

— Mes armes ?

— Pour le duel.

— Mais… Crom Dubh, vous pouvez à peine bouger. Vous n'êtes pas en condition pour…

— Tais-toi ! J'ai attendu toute la nuit dans ce puits puant. Je me disais : il n'est pas assez idiot pour m'avoir oublié. Il va attendre que ses parents se couchent pour me sortir de ce trou. Rien ! Toutes ces heures à claquer des dents !

— J'étais traumatisé… choqué ! Je me suis effondré sur mon lit et…

— Silence ! Tu vas me le payer ! J'en ai assez de tes bêtises ! Un jour dans la gueule d'un chien, un autre au fond d'un puits. J'ai été trop gentil avec toi. Allez, choisis tes armes !

— Dynn est morte… lâchai-je en baissant les yeux.

— Quoi ?

— Bran me l'a appris hier soir. Elle a été piégée par le Vieux Désossé et ses harpies. Ils l'ont déchiquetée. »

Crom Dubh se tut. Ses grosses paupières verdâtres se gonflèrent et laissèrent suinter une eau visqueuse.

« Quand tout cela va-t-il cesser ? gronda-t-il.

— Vous croyez qu'un esprit peut vraiment mourir ?

— Que veux-tu que je te dise ? J'ai accompagné des centaines de milliers d'humains dans le monde des limbes. J'ai assisté au départ de créatures vers les îles de l'Éternelle Jeunesse. J'en ai vu d'autres plonger dans les abîmes glacés.

Crom Dubh avait prononcé cette dernière phrase avec une grande émotion.

« Je n'ai plus envie de me battre, soupira-t-il. Sors-moi de ce seau. »

Je vérifiai que le store de mes parents était toujours fermé et posai la tête du géant sur la margelle.

« Maintenant, ramène-moi dans mon gouffre ! ordonna-t-il.

— Mais…

— Obéis !

— Je ne peux pas. Je dois aller au cimetière de Rinvyle avec…

— Un cimetière ?

— Oui. Pour me recueillir sur la tombe de Sean, un ami.

— Alors, allons-y ! décida-t-il. Un cimetière, c'est justement ce qu'il me faut. »

Mes parents se réveillèrent vers neuf heures. J'eus largement le temps de ranger la tête de Crom Dubh dans mon sac à dos et de préparer le petit déjeuner. Mon cœur était lourd, car je ne cessai de penser à Dynn.

« Que s'est-il passé hier soir ? » demandèrent mes parents à leur arrivée dans la cuisine.

Je les regardai et éprouvai un étrange sentiment. Jamais je n'avais autant ressenti le besoin de leur confier combien j'étais triste. Ils m'avaient mis au monde. Sans eux et sans leur amour pour l'Irlande, j'ignorerais peut-être encore mes véritables origines. Et ils m'avaient sauvé, sans le savoir, de la horde des lépréchauns.

« Tu ne réponds pas ? s'étonna mon père. Comment as-tu fait ton compte pour être trempé de la tête aux pieds ? »

Je posai mon regard sur eux. Comme j'aurais aimé, en cet instant, tout leur révéler. Leur expliquer ma véritable nature.

« J'ai quelque chose à vous avouer, commençai-je.

— À nous avouer ?

— Je suis… »

Un hennissement retentit soudain de la lande, terrible, grandiose. Mon père se leva et se posta à la fenêtre.

« Vous avez entendu ?

— Bran… » murmurai-je.

Le vieux cheval me rappelait à l'ordre.

« Qu'est-ce que tu as ? demanda ma mère. Tu pleures ? »

Mon père passa tendrement sa main dans mes cheveux.

Je dus me résoudre à mentir :

« J'ai voulu me promener sur la côte pendant votre absence. J'ai glissé et je me suis retrouvé à l'eau. »

Mes parents se regardèrent, abasourdis.

« Il aurait pu se noyer ! s'affola ma mère.

— C'est fait… c'est fait, déclara mon père pour calmer le jeu. Mais la prochaine fois, dit-il en se tournant vers moi, reste à la maison. On est bien d'accord ?

— D'accord. »

Ils n'insistèrent pas et s'assirent pour prendre leur petit déjeuner.

À dix heures trente, nous quittâmes Moyard à destination de la presqu'île de Rinvyle. La tombe du vieux Sean nous attendait dans le cimetière aux croix moussues érigées face à l'océan. La voiture serpentait dans la lande, longeant les murets centenaires. Les rayons du soleil perçaient les nuages et tombaient sur l'océan comme des orgues de lumière. À un carrefour dominé par une vieille tour, mon père tourna sur la gauche. Nous gravîmes une colline. Je reconnus la silhouette de l'église, éventrée et abandonnée, autour de laquelle se blottissaient des tombes. Celle de Sean reposait près de la nef ouverte au ciel. Le lieu était désolé, envahi par les orties et les broussailles. Dans les herbes jaillissait parfois la chaleur d'un bouton d'or. Je suivis mes parents à travers les sentiers, la tête de Crom Dubh dans mon sac. Nous nous arrêtâmes enfin devant la stèle perpétuant la mémoire du fidèle serviteur :

Sean Brayam, 1925 — 2000

Une médaille à l'effigie d'un cygne et d'un aigle était enfouie dans la terre de la sépulture. Je l'avais enterrée là, une semaine plus tôt, pour apaiser l'âme du vieil homme. Le cygne représentait Fiona, ma bien-aimée. J'étais l'aigle. Créidne, le bronzier Dé Danann, nous avait réunis sur ce médaillon pour célébrer notre union.

Sean avait joué un rôle capital dans nos retrouvailles. N'était-ce pas lui qui avait insisté pour que je visite le refuge de Kylemore ? Je lui adressai des prières tandis que mes parents fleurissaient le pied de la stèle.

Je levai la tête et observai les nuages poussés par le vent. Une mélodie et des chants inconnus surgirent du fond de mon âme. Les voix étaient graves et saisissantes. Elles étaient accompagnées des timbres mélancoliques des flûtes. Les collines et les flancs des montagnes vibraient à l'unisson, en l'honneur du vieux serviteur.

« Nous avons envie de marcher en bordure de mer, déclarèrent mes parents. Tu nous suis, William ? »

Je les fixai longuement.

« Qu'as-tu ? Ça ne va pas ? Tu veux qu'on rentre ?

— Non… Allez-y sans moi. Ma promenade d'hier m'a suffi.

— Tu en es sûr ?

— Je préfère rester ici.

— D'accord, opina mon père. On fait juste un aller-retour. Prends les clés de la voiture si tu as envie d'attendre à l'abri. »

Mes parents s'éloignèrent, me laissant debout face à la tombe. Un vol de corneilles passa au-dessus de ma tête. Je repensai à Dynn. Où était-elle en cet instant ? Je revis son regard pétillant et ne pus, une nouvelle fois, retenir mes larmes.

« Dépêche-toi de me sortir du sac ! » lança Crom Dubh.

J'obéis et calai sa tête à mes pieds.

« Maintenant… ferme tes paupières, me dit-il. Presse-les très fort, comme pour capturer la nuit. Fais trois tours sur toi-même, vers la gauche, et rouvre les yeux. »

Je suivis ses ordres. La lumière du soleil, dans un premier temps, m'éblouit. Je retrouvai assez vite la vue et découvris un spectacle stupéfiant : des enveloppes lumineuses flottaient au-dessus des sépultures comme des mues abandonnées par je ne sais quels insectes d'envergure humaine.

« Ce sont des restes de mémoires laissées par les défunts, m'expliqua Crom Dubh.

— Des restes de mémoires ?

— Des enveloppes, si tu préfères, que les âmes ont laissées pour rejoindre d'autres contrées. Un peu comme des habits trop étroits qui n'ont plus d'utilité. Ce sont souvent des souvenirs lourds évoquant des moments de tristesse, de souffrance. Une fois que les âmes s'en sont affranchies, ces mémoires stagnent au-dessus des tombes pendant un certain temps… jusqu'à ce que des charognards comme moi fassent le ménage. »

Il ouvrit sa bouche et inspira si fort que toutes les enveloppes lumineuses s'engouffrèrent dans sa gorge. Son visage reprit aussitôt des couleurs et ses yeux se rallumèrent.

« Mumm ! ! ! fit le géant en dilatant ses pupilles. Ça faisait une éternité que je n'avais pas festoyé. Il me fallait bien ça après la terrible humidité du puits. William, j'avoue que tu t'es bien rattrapé après ta bévue. Je suis repu ! »

Il rota avec fracas et m'ordonna :

« Replace-moi dans le sac. J'ai besoin de dormir. »

J'obtempérai et le laissai tranquille.

Brave Crom Dubh ! me dis-je. Il aurait pu m'envoyer paître plus d'une fois depuis notre rencontre. Il persiste à rester à mes côtés, comme s'il tenait absolument à ce que je retrouve la maîtrise de mes pouvoirs. Peut-être espère-t-il me soutirer, en échange, des informations sur l'épée de Nuada ?

Je levai la tête, fermai les yeux et m'emplis de l'atmosphère sauvage du Connemara. Pendant combien de siècles avais-je respiré cet air libre, vivifiant, témoin des heures glorieuses de mon peuple ?

Au loin, la montagne Tully guida mes pensées vers Fiona :

« Où es-tu cachée, ma bien-aimée ? Dans l'un de ces dolmens, à l'abri des regards des hommes et des esprits maléfiques ? Quelle douceur d'avoir rêvé de tes lèvres, ce matin. De quelle patience as-tu fait preuve depuis notre séparation ? Viens me rejoindre ! Maintenant ! Je t'en prie ! J'ai envie de toucher tes cheveux, ta nuque, de passer ma main sur tes paupières… Viens, Fiona ! Viens jusqu'à moi ! »

J'attendis, mais mon amour n'arriva pas.

« Alors, j'irai jusqu'à toi ! »

Je me concentrai et me visualisai en un aigle des mers. Tant pis si je devais souffrir. Mon cerveau tressaillit. Je sentis d'abord mes doigts s'étirer, mon thorax se comprimer. Puis j'eus l'impression que des aiguilles perçaient ma peau le long des bras et des côtes. Les douleurs étaient insupportables, mais aucun cri ne pouvait sortir de ma gorge. Ma bouche était comme nouée. Mes os craquaient, mes organes se tordaient. Je me contorsionnais sur le sol comme un ver de terre. À bout de force, je perdis connaissance. Quand je retrouvai mes esprits, il me sembla que j'étais resté humain. Mes membres et mon torse paraissaient intacts. Mes vêtements, en revanche, étaient trop étroits. Je remontai une de mes manches et découvris un duvet sur mon avant-bras. Je continuai et tâtai le bas de mon dos. Je sentis de longues plumes descendant le long de mes jambes : la queue blanche d'un aigle ! Je réalisai tout d'un coup qu'un objet jaune, juste devant mon nez, gênait ma vision. Je voulus l'ôter et touchai une surface froide, rugueuse et coupante. Un bec ! Une partie de mon visage s'était transformée. Mais seulement une partie ! J'étais une créature... entre l'aigle et l'humain. J'avais encore échoué ! Pourquoi ? Pourquoi ne parvenais-je pas à maîtriser mon pouvoir ? Je tentai de réveiller Crom Dubh pour lui demander de l'aide, mais la tête du géant, repue, était enlisée dans son sommeil. Il ne me restait plus qu'une solution : comme chez mes parents, je me reconcentrai et me visualisai en adolescent. Aussitôt, mon visage se remodela. Mais je ressentis aussi toutes les souffrances que j'avais endurées précédemment. Effondré sur le sol, je crus que j'allais mourir, tant les douleurs étaient atroces. Après une éternité, la paix revint. Je bougeai mes mains et tâtai mes bras. Les plaies avaient disparu. Mon visage, lui aussi, était redevenu humain.

« William ! » retentit soudain une voix.

Je me redressai et reconnus la vieille femme qui avait voulu, autrefois, se marier avec Sean. Elle habitait tout prêt du cimetière et m'avait aidé, quelques jours plus tôt, à mener mon enquête pour connaître les circonstances de la mort du serviteur. C'était elle qui avait vu les trafiquants de pierres précieuses sortir de chez Sean, le jour où le vieil homme était décédé.

« Tu m'as l'air bizarre ! me dit-elle. Que fais-tu par terre ? »

Je réussis à me lever et lui expliquai, d'une voix éteinte :

« Je suis venu déposer des fleurs... sur la tombe de Sean, avec mes parents.

— Tes parents ? Où sont-ils ?

— Ils marchent sur la côte. Ils avaient besoin de respirer. »

La vieille femme pinça les lèvres, creusant du même coup ses joues fripées par le temps.

« On m'a dit qu'ils déblayaient les restes du refuge de Kylemore, lança-t-elle.

— Oui. Ils veulent reconstruire la maison. »

Elle me fixa droit dans les yeux et marmonna :

« Toi, tu as rencontré des lépréchauns maléfiques ! »

Troublé, je balbutiai :

« Des lépréchauns... maléfiques ?... À quoi voyez-vous ça ?

— La vieille Bodie a le don pour repérer les

malheureux qui croisent ces créatures. Ils n'ont plus le même regard. »

Elle tendit brusquement un doigt et piqua mon cou du bout de son ongle. Une violente douleur secoua mon corps. Je hurlai si fort que la stèle de Sean trembla. Je vis le ciel m'envelopper de son linceul bleu, les montagnes s'effondrer sous mes paupières. J'entendis la vieille femme s'enfuir, tandis que je m'écroulai sur la sépulture de Sean.

chapitre 16

Tout alla très vite. Le premier secours vint du ciel. Un froissement d'ailes, comme l'annonce d'une aube nouvelle. Étendu sur la tombe, je vis surgir de l'azur un oiseau majestueux au plumage blanc. Il plana très haut au-dessus de mon corps, avant de piquer vers le sol. Dès qu'il toucha la terre, l'oiseau prit forme humaine. C'était Fiona. Pas son spectre, mais son corps réel avec sa main caressant ma joue. Elle me conseilla de ne pas bouger et déposa un baiser sur mon front. Puis elle m'interrogea sur ce qui s'était passé. Je ne pouvais pas parler, pas bouger. J'entendis mes parents accourir, ma mère s'affoler, se reprocher de m'avoir laissé. Elle découvrait Fiona pour la première fois. Ma bien-aimée demanda à mon père de me porter jusqu'à la voiture et de me conduire au refuge de Kylemore. Nous démarrâmes en trombe. Fiona était assise à mes côtés, sa main dans ma main, son regard aveugle dirigé vers mon visage. La chaleur de ses doigts ravivait des souvenirs. Elle me rappelait ces instants de première complicité et de tendresse, quand nous marchions tous les deux, sept mois plus tôt, autour du lac de Kylemore. Je voyais défiler la crête des montagnes à travers les vitres de la voiture. J'aurais voulu parler de la grand-mère du cimetière, de son ongle acéré piquant mon cou, mais les mots restaient bloqués dans ma gorge.

« Calme-toi, me dit ma bien-aimée. Calme-toi… »

Lorsque la voiture s'arrêta, près du lac de Kylemore, Fiona fut la première à descendre. Elle demanda à mes parents de me déposer le plus rapidement possible au sommet de la colline . La vie me quittait peu à peu, tel du sable fin s'écoulant entre les doigts. Mon souffle s'épuisait.

J'entendis le hennissement de Bran et l'écho de son galop. Il s'arrêta à mes côtés alors que je venais d'être déposé sur la pierre qui coiffait le tumulus. Je vis la tête du cheval se pencher au-dessus de moi. Que Bran était beau, sa crinière dansant dans le bleu de l'azur ! Je voulus caresser son museau, mais mon bras resta figé comme un rameau mort. Mon père et ma mère se penchèrent à leur tour, suivis de Fiona aux yeux verts comme l'émeraude.

Rappelle-toi mon amour… murmurai-je en moi. Rappelle-toi quand tu m'as fait découvrir le lac pour la première fois. Nous avancions tous les deux, main dans la main. Tu m'as présenté aux oiseaux. Tu m'as initié à la guérison des cormorans. Tu m'as appris à me guider en écoutant mon cœur, sur cette pierre que j'ai hissée avec Bran, cette pierre où je vais peut-être rendre mon dernier souffle.

Ma mère me serrait la main en pleurant. Mon père me répétait de tenir bon. Fiona se leva, ferma les paupières et, devant les yeux médusés de mes parents, transforma son corps en un cygne gracieux. Ses bras devinrent des ailes, ses cheveux des plumes. Elle dressa sa tête royale vers le ciel, puis inclina son cou plusieurs fois pour caresser mon front, au niveau du troisième œil. Je fus aussitôt secoué de violents soubresauts. Elle prit ensuite son élan et s'envola. Je l'entendis frôler le lac, prélever de l'eau dans son bec et revenir près de moi. Elle approcha sa tête de l'endroit où la vieille femme avait posé son doigt et entrouvrit son bec pour laisser couler l'eau. Le contact avec l'énergie du lac m'insuffla une force nouvelle. Je revenais à la vie. Au même moment, Fiona reprit forme humaine. Elle approcha doucement ses lèvres des miennes et m'embrassa.

« Laissons-les, décida mon père.

— Mais, John…

— Viens, je te dis. William est sauvé. »

Fiona m'aida à me redresser. Je fus pris de vertige et manquai de tomber, mais ma bien-aimée me rattrapa.

En appui sur son épaule, je restai un long moment à contempler les versants boisés des montagnes, à écouter le vent.

« Qui a touché ton cou ? demanda Fiona en réchauffant mes mains.

— La vieille femme… du cimetière. L'amie de Sean.

— Ce n'était pas elle, mais une créature qui a pris son apparence, répondit ma bien-aimée. Les esprits se déchaînent contre toi. Ils savent que tu es sur le point de réussir. Méfie-toi, William !

— Qui était cet esprit ?

— Je l'ignore. »

Une voiture fit son entrée dans le domaine. Je reconnus le véhicule de madame Joyce, la mère de Stephen. Qui les avait invités ? Fiona posa sur moi son regard aveugle.

« Je dois partir, annonça-t-elle, la mort dans l'âme.

— Déjà ?

— L'Émeraude m'attend. Continue sur ton chemin, William. Je sens combien tu as changé. Mais promets-moi d'être vigilant.

— Je te le promets. »

Elle déposa un baiser sur mes lèvres, puis se retransforma en un cygne majestueux. Bran descendit le tumulus au galop et accompagna le vol de Fiona. Ma bien-aimée monta très haut dans le ciel et disparut derrière le versant des montagnes. Sur la rive opposée, près des restes calcinés de la maison, les Joyce s'entretenaient avec mes parents. Je reconnus la silhouette de

Stephen, celles de son père et de sa mère tenant Adrian dans ses bras. Mon sac à dos avait été laissé sur la colline. Peut-être par Fiona ? Je l'ouvris et m'assurai que la tête de Crom Dubh était bien là. Elle dormait encore.

J'allais rejoindre mes parents quand un clapotis anormal attira mon attention. Mon sac en bandoulière, je descendis la colline d'un pas encore mal assuré et écartai les hautes herbes qui bordaient le rivage. Je ne remarquai rien au premier abord et me préparai à quitter les lieux, lorsque une bulle d'air éclata à la surface du lac. Je me penchai un peu plus… et fus pris de stupeur. Un corps ! Un corps était étendu au fond de l'eau. De longues herbes s'étiraient autour de lui comme une immense chevelure. Je m'approchai et tentai d'identifier l'individu. Ces habits d'un autre âge… cette taille gigantesque : le corps de Crom Dubh !

« Content de me voir ? »

Je sursautai, puis jetai un coup d'œil dans le sac : la tête du géant continuait de dormir.

« Qui a parlé ? demandai-je.

— Moi ! » répondit une voix en provenance du lac.

Je me penchai vers le corps immergé et distinguai de fines bulles d'air s'échappant du torse. L'une d'elles, plus grosse que les autres, éclata à la surface de l'eau et libéra cette phrase :

« Je t'attendais.

— Comment êtes-vous arrivé jusqu'ici ? »

Une bulle éclata encore :

« Mon antre est connectée à tous les lacs du Connemara et à l'océan par des souterrains naturels. Ce sont des boyaux creusés depuis des millénaires par le ruissellement des eaux. »

J'observai avec des yeux incrédules la poitrine qui parlait.

« Je suis le cœur de Crom Dubh, poursuivit la voix. Je viens te féliciter pour ton ardeur à te vider de tes colères humaines. En peu de temps, tu as parcouru un long chemin ! Tu peux dorénavant utiliser ta volonté sans risque de servir les forces obscures.

— Vous voulez dire… que je peux me transformer ? Mais tout à l'heure, près du cimetière, j'ai encore échoué.

— Parce qu'il te manque un enseignement, m'interrompit une autre bulle. Tu persistes à croire que ta tête est l'unique siège de ta puissance. »

Je fronçai les sourcils et réfléchis. Les vagues modulaient la pénétration des rayons du soleil, dessinant des flammèches de lumière sur le corps du géant.

« Ce qui me permet de transformer la réalité, c'est la volonté de mon cerveau, répondis-je. C'est votre tête qui me l'a appris.

— C'est vrai, mais c'est insuffisant. Souviens-toi : comment as-tu découvert la cachette de l'Émeraude ?

— Je suis d'abord tombé amoureux de Fiona et…

— Alors, qui as-tu écouté ? »

Une multitude de fines bulles s'échappèrent à nouveau de la poitrine du géant.

« Le cœur ! m'exclamai-je. J'ai écouté mon cœur !

— Bravo ! Ce que la tête et le ventre ne t'ont pas révélé au sujet de tes pouvoirs, c'est que le véritable moteur qui te permet d'agir sur la réalité est dans ton cœur.

— Vous voulez dire que le ventre et la tête m'ont menti ? Ils ne servent à rien ?

— Je n'ai pas dit qu'ils ne servaient à rien. La force de vie qui habite le ventre est nécessaire :

dès qu'elle se met au service du cœur, des portes s'ouvrent. La tête aussi est indispensable : c'est le siège de la conscience qui nous guide. En fait, chacun joue son rôle.

— Alors, comment dois-je procéder pour me transformer ? demandai-je, impatient.

— Il est important que tu visualises ta transformation, comme tu l'as déjà fait. Mais ensuite, tout dépend de ta relation avec ton cœur. Si le chemin qui mène à lui est encombré, rien ne pourra être obtenu. En tout cas, rien de durable. Une tristesse invisible peut étouffer tes projets comme une pieuvre sournoise et implacable. En revanche, si tu es vraiment relié à ton cœur, rien ne pourra s'opposer à la réalisation de tes souhaits. Tes désirs s'exauceront spontanément, dans la joie, comme les fleurs qui éclosent au printemps.

— Vous voulez dire que je ne suis pas encore parvenu à me transformer parce que je suis trop éloigné de mon cœur ?

— Je vais te faire une confidence, William. Je t'ai déjà expliqué quel grand roi j'étais devenu après toutes mes victoires. Mon père m'avait rejeté parce qu'il ne voulait pas de fils sans tête.

Si tu avais vu la sienne, le jour où j'ai pris le pouvoir ! J'étais fier de l'avoir vaincu, fier de m'être vengé… Et pourtant, malgré ma colère, je l'aimais toujours secrètement comme un fils aime son père. À cette époque, aucun roi, sur l'île, n'avait atteint une renommée aussi grande que la mienne. Je régnais d'une main de fer, mais dans la crainte permanente des complots et des traîtres. Un matin, ma mère, Eriu, m'a fait venir jusqu'à elle. Elle m'a demandé combien d'ennemis j'avais combattus. Je lui ai fièrement parlé des milliers de guerriers que j'avais tués afin que tous les royaumes d'Irlande m'appartiennent. Je lui ai dénombré les femmes que j'avais possédées. Elle m'a longuement regardé, comme seules les mères savent le faire, et elle m'a demandé : "Est-ce pour cela que je t'ai mis au monde ?"

— Et ?…

— Elle a terminé en ajoutant : "Tu n'es plus mon fils." »

Les bulles cessèrent de crever la surface de l'eau.

« Que s'est-il passé ensuite ?

— …

— Crom Dubh ? Répondez-moi ! Que s'est-il passé ?

— J'ai renoncé aux guerres et à la vanité du pouvoir. Je me suis retiré dans les montagnes. J'ai vu ton peuple accoster sur nos plages. J'ai assisté à vos victoires. J'ai vu les Celtes vous vaincre et vous remplacer. Quand j'ai réalisé dans quelle ignorance étaient plongés les hommes, j'ai eu pitié d'eux : je suis devenu le Messager de la mort pour les guider dans l'au-delà. Peu à peu, à force de côtoyer la misère des humains, je me suis ouvert. J'ai commencé à apprécier le parfum subtil de la lumière du matin et l'éclat de la rosée. J'ai compris que le bonheur pouvait jaillir de toute part, pour qui sait s'émouvoir : d'un froissement d'aile de libellule au bord d'un ruisseau, du râle d'un cerf dans la brume du crépuscule. Un soir, une corneille m'a appris que ma mère s'était endormie pour toujours. Je suis allé à son chevet, j'ai pris son corps entre mes bras et je l'ai emporté au fond du gouffre que désormais je garde. Elle est devenue le cœur de l'île. »

Je restai immobile, les yeux sidérés.

Une bulle dansa à nouveau à la surface.

J'entendis :

« Où en es-tu avec ton cœur, William ?

— Mon cœur ?

— Oui, ton cœur. Es-tu toujours à son écoute ?

— Toujours… non. Je ne crois pas. Peut-être un peu plus aujourd'hui, depuis que j'ai libéré mes colères. Mais je ne sais pas.

— Alors, vérifie.

— Comment ?

— Toi seul le sais. Au fait, j'ai une nouvelle qui te fera plaisir : j'ai reçu la visite d'une petite créature, il y a peu de temps. Elle a réussi à ramper jusqu'à ma grotte en s'accrochant à la vie. Il faut croire que c'est devenu une habitude, chez elle.

— Dynn ! m'exclamai-je. Dynn est vivante ! Elle a échappé au Vieux Désossé ! »

Je sentis un bouquet de lumière illuminer mon âme. J'avais envie de danser, de sauter de joie autour du lac. Dynn était vivante ! Vivante ! Vivante !

« Elle est encore dans le coma, mais elle s'en sortira. Elle a eu le temps de prononcer quelques paroles avant de s'évanouir dans mes bras. Elle répétait : "William, fais attention ! Les esprits t'entourent en prenant une apparence humaine."

— Où est-elle ?

— Dans mon gouffre. J'ai besoin de ma tête pour la sauver. Veux-tu me la donner ? »

Je la sortis aussitôt de mon sac.

« Elle est repue, dis-je en la lui tendant. C'est pour ça qu'elle dort. Et puis… elle n'aime pas l'eau. Vous devez le savoir.

— Son souffle m'est indispensable, expliqua le cœur. Quand j'ai renoncé aux guerres et que je me suis retiré dans la grotte pour veiller sur ma mère, j'ai découvert que l'air que j'expirais avait le pouvoir de sauver des vies. C'est étrange, non ? Découvrir ceci après avoir donné tant de fois la mort… »

Les bras de Crom Dubh percèrent la surface du lac et se saisirent de la tête. Puis le corps du géant longea calmement les roseaux bordant le lac. Quel spectacle étonnant que ce crâne cheminant au raz de l'eau, les yeux fermés, porté à bout de bras par son propre corps !

« Attendez ! » m'exclamai-je, comme pris d'un remords.

Le géant s'arrêta de nager.

« Qu'y a-t-il ? Tu as oublié quelque chose ?

— Oui. Quelque chose… d'important. Je sais désormais que vous êtes une créature bonne. Je le sens.

— Je t'écoute.

— Voilà… Je suis l'un des deux Dé Danann qui ont découvert l'Émeraude dans la grotte que vous habitez.

— Je me doutais que le destin ne t'avait pas envoyé sans raison.

— L'Émeraude était tombée dans un trou, près du rocher en forme de tête d'ours. Mais nous n'avons jamais retrouvé l'Épée. Elle doit être quelque part autour de cette roche, dans une crevasse obstruée par les éboulis. »

Au même moment, des appels retentirent des ruines de la maison. Mes parents m'adressaient des signes insistants pour que je les rejoigne.

« Je dois vous laisser, dis-je à Crom Dubh. Merci… de tout mon cœur… pour ce que vous m'avez appris. »

Je descendis du tumulus et gagnai les restes du refuge.

« Comment te sens-tu ? demanda mon père en venant à ma rencontre.

— Tu ne peux pas savoir comme je suis heureux ! » répondis-je d'une voix soulagée.

Il me dévisagea et passa tendrement sa main dans mon cou.

« À aucun moment je n'ai douté que Fiona te guérirait. Que s'est-il passé dans le cimetière ?

— Je ne m'en souviens pas, préférai-je répondre.

— Bon… on en reparlera plus tard. Allez, viens ! Nos amis t'attendent. »

Ma mère jeta sur moi un regard inquiet. Mon père la réconforta en lui soufflant deux ou trois mots à l'oreille. Elle s'approcha et me fixa dans les yeux, comme pour s'assurer que j'avais retrouvé toutes mes facultés.

« William, commença-t-elle en me prenant la main. Madame Joyce nous a appris que tu avais interrompu le spectacle de danse, hier soir. Tu ne nous avais rien dit. »

Si tu savais tout ce que je dois vous cacher… faillis-je lui rétorquer.

Mais je me retins et répondis simplement :

« C'est vrai. Je ne peux pas dire que je sois très fier de ce qui s'est passé. C'est la vieille tête en plastique qui a fait des siennes.

— Celle que tu avais dans ta chambre ?

— Oui. Mais ne vous inquiétez pas ! Je m'en suis séparé.

— Un gadget étonnant, précisa madame Joyce. Qui a fait hurler de rire certains spectateurs... avant de semer la panique dans la salle ! »

Son mari, un homme de forte corpulence, me félicita pour mes exploits lors du match de football gaélique.

« Bravo, insista-t-il. Stephen m'a tout raconté.

— C'est lui qui a marqué les points, rectifiai-je.

— Humble, par, dessus le marché ! » me complimenta monsieur Joyce.

Stephen attendait devant les ruines du refuge. Quelle chance j'avais de pouvoir compter sur un ami comme lui !

« Tu vas mieux après les coups que tu as reçus pendant le match ? me demanda-t-il.

— Oui, je me suis rétabli. Et toi ?

— Quelques égratignures par-ci, par-là, mais rien de grave. »

Je le fixai et lui dis :

« Tu sais... je voudrais te remercier pour ton

soutien. Sans toi, je n'aurais pas pu tenir tête à Maggie. »

J'aurais aimé qu'il me tape sur l'épaule et qu'il me dise qu'on était des amis pour la vie, mais il manifesta une humeur sombre.

« C'est bizarre, soupira-t-il. Je devrais être content d'avoir résisté à Maggie à tes côtés. Mais, au fond de moi, quelque chose me dérange. Le bras de Jeff qui reste en l'air, le ballon qui me soulève de terre… ça fait beaucoup de phénomènes inquiétants en une journée, tu ne trouves pas ? »

Je ne pouvais pas lui reprocher toutes ces questions.

« Un jour, je t'expliquerai », lui promis-je.

Je tournai la tête vers Adrian, que madame Joyce tenait dans ses bras, et tombai sur son visage de souffrance. Il grimaçait toujours autant, la tête penchée en arrière. La salive jaillissait de ses lèvres. Étrangement, son aspect repoussant m'importuna moins que les fois précédentes. Alors que, la veille, j'aurais volontairement évité de croiser ses yeux, voilà que je m'avançais sans appréhension et que j'observais son regard. J'y lus un abandon qui me toucha au plus profond de mon âme. Comment vivait cet enfant ? Quelle force l'aidait à survivre ? Je levai les yeux et découvris le sourire compatissant de sa mère.

« Dis bonjour à William, Adrian », lança-t-elle.

L'enfant réussit à me tendre une petite main. J'approchai la mienne avec une légère retenue. Adrian bava un peu sur la manche de sa mère. Ses yeux étaient éclatants. Il attrapa un de mes doigts et le serra, comme un enfant s'accrochant au sein de sa maman. Je murmurai :

« Bonjour, Adrian. »

Il ébaucha un sourire.

Où en es-tu avec ton cœur, William ? m'avait demandé Crom Dubh.

La terre aurait pu trembler, le ciel aurait pu s'effondrer… rien ne comptait plus que le regard d'Adrian.

J'écoutais mon cœur battre comme le cœur du monde, puissant, ample, immense… comme le sourire de l'enfant.

Je restai jouer avec Adrian et Stephen, cet après-midi-là, à la grande joie de madame Joyce. J'avais l'impression que mes colères et mes peurs s'étaient dissoutes. À un moment, Adrian s'agita et commença à crier. J'imaginai une passerelle de tendresse entre nous deux et je lui envoyai des messages de paix. L'enfant se calma aussitôt, comme s'il avait perçu la disponibilité de mon cœur. J'avais envie d'être à l'écoute de sa détresse et de ses désirs. Je me sentais réconcilié et heureux.

chapitre 17

De retour à la maison, ce soir-là, mes parents ne manquèrent pas de me questionner sur mon attitude envers Adrian.

« Madame Joyce a été très surprise, fit remarquer mon père. C'était vraiment très gentil de ta part. »

Je ne répondis pas. Je ressentais simplement un profond état de paix. J'avais l'impression qu'aucune frontière ne pouvait m'empêcher de communier avec les êtres, quels qu'ils soient. J'avais déjà eu ce sentiment lorsqu'un rayon de soleil avait éclairé l'Émeraude, dans le tumulus de Kylemore. Cette fois-ci, c'était différent. Cette énergie de paix ne se manifestait pas de l'extérieur, mais elle émanait de mon cœur et s'écoulait comme une fontaine. En contrepartie, les êtres les plus proches de moi, mes parents, restaient si lointains… Ils pensaient probablement qu'ils étaient les personnes, sur cette terre, qui me connaissaient le mieux. Quelle tristesse de ne pouvoir partager avec eux mon secret !

Tous deux voulurent savoir ce qui s'était passé pendant leur absence dans le cimetière.

« Je n'ai pas eu le temps de voir mon agresseur, leur mentis-je.

— Seul un être possédant des pouvoirs maléfiques a pu te paralyser et disparaître, réfléchit mon père.

— William a déjoué les plans de Georg et de sa bande, poursuivit ma mère. Les trafiquants étaient peut-être liés à des esprits malfaisants qui veulent à présent se venger. »

Je les laissais envisager toutes les possibilités, impressionné par l'opiniâtreté avec laquelle ils conduisaient leur enquête.

« Nous n'avons plus envie de te laisser seul, m'annonça soudain mon père. Ce serait peut-être mieux que tu dormes dans notre chambre.

— Pas la peine, rétorquai-je. Fiona veille sur moi.

— Dans ce cas… » conclut mon père.

Pendant le dîner, mes parents ne cessèrent d'évoquer la transformation extraordinaire de Fiona en cygne, se rappelant les moindres détails, notamment la beauté de ses plumes, la grâce de son vol… Jamais ils n'avaient assisté à pareil phénomène. Mon père était heureux d'avoir eu ce privilège. Ma mère répétait que le monde invisible l'effrayait.

« Il est temps d'aller se coucher, déclara-t-elle soudain. Tous ces événements m'ont épuisée. »

J'embrassai mes parents et rejoignis mon lit. Ma mère dut percevoir un malaise dans mon comportement car elle vint me retrouver avant que j'éteigne la lumière.

« William, me dit-elle. Je voulais te dire…

— Quoi ?

— Je suis contente d'avoir rencontré Fiona. Je ne l'imaginais pas comme ça. Enfin, je veux dire… ce n'est pas tous les jours qu'on croise une créature comme elle.

— C'est vrai ! approuvai-je avec un sourire.

— Si on m'avait dit, il y a encore quelques mois, que je rencontrerais un être de l'Invisible ! Une Dé Danann ! J'aurais juré qu'ils n'existaient que dans les légendes.

— Tu te souviens, quand nous nous étions disputés au téléphone, le soir où je t'avais demandé de passer la nuit au refuge de Kylemore pour rester avec elle ? C'était la nuit de Samain.

— Oui, je m'en souviens. Je m'étais inquiétée. C'est un peu normal, non ? Je suis ta mère. »

À ces mots, je ressentis un désarroi terrible dans mon cœur. Oui, elle était ma mère humaine. Elle m'avait accueilli dans son ventre, élevé, choyé… même si ses inquiétudes m'étouffaient parfois. Mais, dans un autre monde, vivaient mes parents Dé Danann. Comment le prendrait-elle si je devais un jour lui révéler cette vérité ?

« Maman… si tu savais tout ce que j'ai appris grâce à Fiona.

— J'imagine.

— Elle peut se transformer en cygne, mais aussi apparaître ou disparaître comme bon lui semble. Un jour peut-être, elle nous présentera ses parents. »

Ma mère m'observa un long moment et me dit :

« Je suis curieuse de savoir où est son nouveau refuge. Tu as une idée ?

— Non. Tu sais bien qu'elle préfère garder l'emplacement secret.

— Je l'ai vue s'envoler vers l'océan après t'avoir soigné. Elle a peut-être caché l'Émeraude sur les îles.

— Je t'ai dit que je ne savais pas. »

Mon père fit irruption dans la chambre.

« Elisabeth, s'exclama-t-il, je suis épuisé. Je me couche tout de suite. William, n'hésite pas à nous réveiller si tu ne vas pas bien. D'accord ?

— D'accord ».

Maman se leva et tous les deux se retirèrent. Je les entendis gagner leur chambre et fermer leur porte. Une question terrible me traversa soudain l'esprit : pourquoi ma mère voulait-elle à tout prix savoir où était cachée l'Émeraude ? Je repensai à ce que m'avait dit Crom Dubh au sujet de Dynn. Elle avait déclaré dans son délire : « William, fais attention ! Les esprits t'entourent en prenant une apparence humaine. »

L'un d'eux avait déjà tenté de m'éliminer

sous l'apparence de la grand-mère du cimetière. De grosses perles de sueur coulèrent tout à coup sur mon front. Je pensai à ma mère et à ses questions insistantes sur l'Émeraude.

Et si elle était… Non, c'est impossible !

Pendant de longues minutes, je voulus chasser cette idée horrible. En vain. Une voix intérieure ne cessait de me répéter :

« Cette Elisabeth, dans la chambre de tes parents, est peut-être un esprit… »

N'était-ce pas elle qui m'avait envoyé dans la cour pour rentrer les bacs à fleurs ? Tout ça parce qu'elle craignait une tempête qui n'est jamais arrivée ? Si je n'étais pas sorti, les lépréchauns maléfiques ne m'auraient pas agressé.

Ma mère… victime d'un sortilège et remplacée par un esprit qui complotait mon élimination avec les lépréchauns. Un scénario incroyable ! Je me souvins que mon père avait lui-même été étonné qu'elle me demande de rentrer les fleurs. Elle ne l'exigeait jamais, d'habitude. Elle avait cherché à me tuer ! Je voulus me persuader que je délirais mais, chaque fois, les soupçons revenaient. Quelle position idéale que celle d'un parent pour un esprit qui chercherait à m'espionner et à m'éliminer !

Le seul moyen d'en avoir le cœur net était de lui piquer le cou, comme me l'avait montré Fiona pendant le spectacle de Clifden.

Je quittai mon lit et me dirigeai, une aiguille à la main, vers la chambre de mes parents. Aucun rai de lumière : ils avaient éteint leur lampe. J'entendis, du couloir, les ronflements de mon père. J'ouvris délicatement la porte et m'introduisis dans la pièce sur la pointe des pieds. Si jamais ils n'étaient pas endormis, je prétexterais une peur terrible après un cauchemar, un besoin de me rassurer auprès d'eux. J'allumai ma mini lampe et contournai le lit pour approcher en silence ma mère… ou l'esprit. Elle dormait sur le ventre, la nuque découverte. Je tendis l'aiguille vers son cou… et stoppai net mon geste.

Si c'est un esprit, me dis-je, comment va-t-il réagir ? Il éprouvera tant de douleur qu'il préférera rejoindre le monde de l'Invisible. Auparavant, il hurlera comme j'ai hurlé quand la grand-mère du cimetière a touché mon cou. Il réveillera alors mon père.

Peu importe… Il fallait que je sache. Je repris ma respiration, approchai l'aiguille de plus en plus près de sa nuque et la piquai légèrement. J'eus juste le temps de retirer ma main : ma mère frappa son cou avec sa paume, comme pour écraser un moustique. Le reste de son corps ne broncha pas.

Ce n'est pas un esprit, me dis-je, soulagé.

Ma mère était bien là, devant moi. J'avais envie de la réveiller et de l'embrasser. Mon père se retourna brusquement dans le lit et ronfla de plus belle. Sa nouvelle montre reposait sur la table de nuit. Sa montre… Un nouveau doute m'envahit : n'avait-il pas oublié l'anniversaire de sa première rencontre amoureuse avec ma mère, alors qu'ils perpétuaient tous les deux ce rituel depuis quinze ans ? L'individu qui sommeillait devant moi était-il mon vrai père ? Était-ce un esprit ?

Non… pas lui, me dis-je. Pas lui !

Je m'approchai, tout tremblant, l'épingle au bout des doigts. Une lueur bleuâtre brisa soudain mon élan. Elle émanait du *Grand Guide des Esprits Irlandais*, rangé sur l'étagère murale. Je le dégageai en silence. Un mince filet de lumière marquait très précisément un passage de l'ouvrage. Intrigué, j'ouvris lentement le volume.

« Bonjour, me souffla une petite voix.

— Dynn ! » sursautai-je en étouffant son nom au dernier moment.

La petite créature, assise sur une page, me sourit en agitant joyeusement la main. Je la transportai aussitôt avec le livre dans le couloir, et lui lançai :

« Crom Dubh a réussi à te sauver ! Pardonne-moi… Tout ce qui est arrivé est de ma faute. Je suis tellement heureux de te voir en vie !

— Que faisais-tu dans cette chambre ? me demanda-t-elle.

— Je teste mes parents.

— Tu testes tes parents ? répéta-t-elle, abasourdie.

— Dans ton délire, tu disais que je devais me méfier des esprits parce qu'ils m'entouraient en prenant des apparences humaines.

— Et tu en as déduit que ton père ou ta mère étaient peut-être concernés.

— Oui. J'ai quelques bonnes raisons.

— Jette un coup d'œil sur la page où tu m'as trouvée ».

Je parcourus les lignes et découvris plusieurs mots commençant par la lettre D :

« Dana… Dechtire… Déesses guerrières…

— Arrête-toi là ! »

Je levai les yeux et l'observai. Où voulait-elle en venir ? Retournant dans le livre, je lus sous « Déesses guerrières », le texte suivant :

« Macha, Morrigan et Bodb étaient des magiciennes Dé Danann réputées invincibles dans les batailles. »

Mon cœur cessa de battre. J'avais bien lu : Macha, Morrigan, Bodb. Ma mère avait évoqué cette célèbre triade le jour où mon père avait reçu sa montre en cadeau.

« Alors ? demanda Dynn. Tu ne vois rien de particulier ? Le nom de Bodb ne te fait penser à personne ?

— Bodie ! » m'exclamai-je.

Me revenaient les paroles de la grand-mère dans le cimetière : *la vieille Bodie a le don pour repérer les malheureux qui rencontrent ces créatures !*

« Bravo, m'encouragea Dynn. Et les noms des deux autres guerrières ?

— Morrigan et Macha… répétai-je. La sosie

de Priscilla Conway se faisait appeler Mornie. Ça commence comme Morrigan.

— Tu as trouvé ! La clé se trouve dans la première syllabe des prénoms. Il te reste Macha.

— Macha, la troisième et dernière magicienne.

— Quelle personne aimerait te voir souffrir ? insista Dynn.

— Maggie ! m'exclamai-je. Macha… Maggie. »

Ma gorge se noua. Cette vipère qui terrorisait le collège avec sa bande était une Dé Danann. Elle avait pris la place de la véritable Maggie pour me harceler. Je refermai le livre et fixai la petite créature qui virevoltait autour de moi.

« Maggie, Mornie, Bodie, déclara Dynn. Trois guerrières, trois apparences humaines. Avec chacune le même dessein maléfique : savoir où est cachée l'Émeraude et t'empêcher de retrouver ton peuple.

— Comment les as-tu démasquées, Dynn ?

— Je suis retournée chez Maggie après notre incursion chez elle. Je voulais connaître ses plans. J'ai eu la surprise de la voir parler à un groupe de corneilles. Avant de se coucher, elle a posé sur sa poitrine une grosse médaille sur laquelle était représentée la triple spirale des

Tuatha Dé Danann. J'ai tout de suite pensé qu'elle pouvait être une des trois magiciennes amies des corneilles. J'ai voulu t'avertir, mais le Vieux Désossé m'a attrapée sur la lande. Heureusement, j'ai réussi à me libérer et Crom Dubh m'a guérie. Ton combat contre Maggie, je veux dire contre Macha, a lieu demain, n'est-ce pas ? »

Je blêmis.

« Oui, répondis-je. Dans quelques heures… j'affronterai cette furie. »

chapitre 18

« **William ? Tu es prêt ?** » cria ma mère dans la voiture.

Il était sept heures et demie du matin et j'essayais de déverrouiller le coffre métallique contenant les objets trouvés par mes parents sous les décombres de Kylemore. Je connaissais leur cadenas et n'eus pas de difficulté à l'ouvrir avec mon épingle à nourrice.

« Je te préviens : je ne vais pas t'attendre cent sept ans ! s'énerva une nouvelle fois ma mère.

— J'arrive ! »

Je saisis le bracelet en or et le déposai avec précaution dans mon sac.

« Il faut toujours que tu te fasses prier », maugréa ma mère au moment où je m'asseyais à ses côtés.

La voiture démarra en trombe et s'engagea sur la route de Clifden. Nous ne rencontrâmes pas la moindre trace de brume pendant le voyage. Je contemplai le paysage à travers la vitre et aperçus la montagne de Crom Dubh.

Eriu, sa mère, est là, me dis-je, endormie depuis des siècles. Eriu, le cœur de l'Irlande. Un cœur qui bat pour unir dans la paix tous les êtres de l'île.

Macha et moi allions nous entre-tuer. Pourquoi ? Pour l'Émeraude. Elle était probablement avide de pouvoir, comme l'avait été Crom Dubh lorsqu'il convoitait le trône d'Irlande.

Que dirait Eriu si elle se réveillait aujourd'hui ? Que penserait-elle de ces humains qu'elle porte en son sein, qui s'humilient et s'assassinent ? Que penserait-elle de ces tueries en Irlande du Nord ? Que penserait-elle de ces frontières qui ne concernent que les hommes ? Pourquoi, dans les mondes visible et invisible, des êtres s'acharnent-ils toujours sur d'autres pour satisfaire leur soif de domination ? Pourquoi ?

Nous arrivâmes à Clifden et passâmes devant la maison de Georg.

En voilà un qui a payé de sa vie son acharnement à posséder l'Émeraude. Il ne connaissait pas les pouvoirs magiques de notre pierre. Il voulait juste s'enrichir matériellement. Il est allé jusqu'à trahir mon père, son ami, pour atteindre son but. Où est-il à présent ? Son âme erre dans les limbes, tourmentée par le souvenir de ses crimes et de ses trahisons.

Soudain, je tressaillis. Que deviendrais-je si Macha réussissait à me tuer, à fracasser mon crâne ou frapper mon cou ? Combien de temps resterais-je dans les limbes et combien de fois me réincarnerais-je dans le monde des humains avant de me souvenir à nouveau de mes origines ? J'avais erré si longtemps avant de retrouver Fiona. Je pensai aux stratagèmes de Morrigan, Bodb et Macha, et pestai contre la loi de mon peuple qui m'interdisait tout secours, tout en permettant aux trois magiciennes de s'acharner sur moi.

Je plongeai ma main dans mon sac sans que ma mère s'en aperçoive et tâtai le bracelet en or. Une force grandit dans ma poitrine.

J'affronterai Macha et je la vaincrai, me promis-je.

Dès mon arrivée au collège, je m'empressai de la trouver sous son apparence de Maggie. Je la découvris, adossée au mur du local à vélos.

« Je sais qui tu es ! lançai-je en l'accostant. Toi et tes amies m'avez tué d'une flèche, il y a deux cent trente-huit ans. Avoue-le ! »

La sonnerie retentit avant que mon ennemie me réponde. Nous gagnâmes la salle de cours en empruntant deux chemins différents et restâmes muets pendant toute la matinée. Où était la vraie Maggie ? Macha l'avait sûrement endormie, le temps de régler ses comptes avec moi.

« Ça ne va pas ? me demanda Stephen.

— Si… Ne t'inquiète pas. »

En cours d'irlandais, Macha s'assit deux rangées devant moi. Elle se retournait parfois pour me défier. De ses yeux jaillissaient des flammes haineuses. À l'issue du dernier cours de la matinée, elle se leva et disparut dans les couloirs du collège. Je descendis les escaliers quatre par quatre, traversai la cour et pris le premier sentier qui conduisait au château de

Clifden. Mes jambes tremblaient. Le soleil était si fort que je préférais marcher en suivant l'ombre des grands arbres. Des chats tapis dans les murets m'observaient en silence. Un âne tendit sa tête au-dessus d'une haie et m'examina, poussé par je ne sais quelle curiosité. Tout, autour de moi, respirait le complot. Quelle route avait suivie Macha ? Était-elle devant moi ? Peut-être avait-elle usé de quelques sortilèges pour me devancer et préparer le terrain en sa faveur.

Je parvins au château après une demi-heure. Je le découvris en atteignant le sommet d'une colline. L'océan déroulait ses vagues en contrebas, au pied des rochers. L'édifice aurait pu s'appeler la « citadelle des courants d'air », avec le ciel pour toute toiture et ses larges ouvertures béantes où s'enchâssaient autrefois portes et fenêtres. La silhouette élancée des murs témoignait de l'ancienne prestance de la demeure. Les paliers des étages s'étaient effondrés. Tout avait été déblayé, ce qui accentuait l'atmosphère de désolation. Des dizaines de corneilles planaient et criaient au-dessus des tours éventrées, devant les yeux indifférents d'une vingtaine de vaches beiges et blanches, couchées sur l'herbe, indolentes.

Le lieu est inhabité, me dis-je. C'est l'endroit idéal pour que s'affrontent deux Dé Danann sans perturber le monde des humains.

Je sortis de mon sac le bracelet en or et le mis à mon poignet droit. Je sentis aussitôt une étrange vitalité m'envahir, comme si l'objet décuplait ma force. Cette énergie enveloppa ma main, puis mon bras et enfin mon corps tout entier. Ce bracelet m'avait appartenu. C'était certain !

J'avançai sur le chemin, les yeux rivés sur le château, et découvris Macha au moment où je me présentai devant les vestiges de l'entrée principale. Elle m'attendait, non pas sous l'aspect de Maggie, mais sous son vrai visage. Mon sang se glaça. Ses yeux s'apparentaient à ceux des Indiens des plaines. De son regard émanait une force mystérieuse et sauvage. Elle portait une jupe courte, en cuir, sur laquelle pendaient des rangées de dents.

« Tes molaires feront honneur à mes parures, ironisa-t-elle. Celles-ci proviennent des guerriers que j'ai vaincus. »

Deux silhouettes avancèrent derrière elle. Je reconnus Mornie et Bodie, les sosies respectifs de Priscilla Conway et de la grand-mère du cimetière. Elles claquèrent des doigts et quittèrent ces apparences pour devenir deux silhouettes aux yeux de feu, aux cheveux noirs et raides.

« Ne crains rien, me rassura Macha. Morrigan et Bodb ne participeront pas au combat. Nous nous battrons toi et moi loyalement. »

Ses deux amies levèrent simultanément les bras et se volatilisèrent.

« Maintenant, à nous deux ! » lança-t-elle.

D'un simple souffle, elle me propulsa dix mètres en arrière. La chute fut si rude que j'eus l'impression que mon dos explosait.

« Passons aux choses sérieuses », poursuivit-elle.

Elle s'envola et se posta au sommet du plus élevé des murs en ruine. Les corneilles tourbillonnaient autour d'elle. Je n'eus pas le temps de me relever. Elle se jeta du haut du château, son glaive à la main. L'arme était rouge comme le sang. Instinctivement, je tendis mon poignet droit. Le bracelet de force que je portais dégagea aussitôt une lueur éblouissante. L'éclair arrêta net l'élan de Macha et brisa son épée en mille morceaux.

« Tu as retrouvé ton bracelet de force, maugréa-t-elle. Mais ça ne suffira pas. »

La magicienne fit apparaître deux pointes de feu.

« Je vais brûler tes yeux. Les ténèbres t'envelopperont et j'arracherai tes molaires. »

Elle brandit ses lances de flammes en criant :

« Défends-toi ! Montre-moi quelle est ta véritable force ! »

Elle s'apprêtait à bondir, lorsque Morrigan et Bodb réapparurent.

« Il arrive ! » murmura la première en se penchant à l'oreille de Macha.

Celle-ci se tourna vers moi et déclara :

« Je te laisse à ton funeste destin. »

Les trois magiciennes disparurent d'un coup, m'abandonnant seul devant les ruines. Mes yeux hagards se perdaient dans le paysage dévasté. Je vis soudain ramper deux nappes de brume de chaque côté du château. Le Vieux Désossé ! Les redoutables guerrières avaient préféré me livrer à lui. Des milliers de cliquetis résonnèrent contre les murs. Je voulus m'échapper, mais les deux nappes firent leur jonction sur le chemin que j'avais emprunté pour venir, m'interdisant toute retraite.

Le piège s'était refermé.

« C'est fini ! entendis-je. Tu es à moi ! Ma horde de harpies va te déchiqueter. Leurs lames vont te réduire en confettis de chair et de sang. Le vent t'éparpillera sur la lande. Tu ne pourras plus jamais revoir ton peuple.

— Nooonnn !

— Je peux encore t'épargner. Il suffit que tu rejoignes mes troupes. Nous découvrirons le repère d'Anga et l'Émeraude sera à nous. Le monde sera à nous ! Notre pouvoir s'étendra sur le Visible et l'Invisible ! Tu deviendras le chef de mes armées.

— Jamais ! »

Le Vieux Désossé s'approcha : sa tête décharnée était aussi haute que les tours.

Une haleine fétide se dégageait dès qu'il ouvrait la bouche. Ses dents redoutables auraient pu se refermer sur mon crâne et le briser d'un coup, comme une noix.

« Accepte ! rugit-il. C'est ta dernière chance.

À moins que tu ne veuilles finir broyé, lacéré, découpé… »

Pour toute réponse, je crachai dans sa direction.

« Massacrez-le ! » hurla le Vieux Désossé.

Je fis face en pensant à Fiona que je ne reverrais plus jamais, à son sourire, à ses baisers.

« Willliam ! » cria soudain une voix venue de l'océan.

Un être venait de surgir hors des vagues. Dans une de ses mains brillait une épée aux dimensions exceptionnelles… L'épée de Nuada ! Il accomplit un saut prodigieux et atterrit entre la brume et moi.

« Crom Dubh ! cria le Vieux Désossé. Tu as changé de stratégie ? Tu ne te terres plus au fond de ton trou ? »

Le géant brandissait l'épée d'une main et tenait sa tête de l'autre. Celle-ci déclama, de sa voix caverneuse :

« Je suis venu combattre.

— Alors, combats ! »

Le Maître des Brumes leva un bras et donna le signal. Aussitôt, le brouillard informe se divisa en milliers de silhouettes agressives, enragées comme des hyènes : les harpies. Elles étaient de la taille de Dynn, translucides comme elle, mais la ressemblance s'arrêtait là. Leurs têtes étaient pointues comme celles des chauves-souris. Des canines tranchantes jaillissaient de leurs gueules dégoulinantes de bave. Leurs ailes étincelaient comme de l'acier et les lames qu'elles brandissaient avaient hâte de nous découper. Adossé au mur du château, je sentis la peur m'étrangler, mes forces se liquéfier.

« Reste auprès de moi », me conseilla Crom Dubh.

Le géant se dressa tel un rempart vivant face à la horde sauvage, faisant tournoyer l'épée au-dessus de ses épaules. Les harpies aux crocs acérés se jetaient sur nous comme des nuées de sauterelles. Elles nous harcelaient tant que je crus plus d'une fois qu'elles l'emporteraient. Mais l'épée faisait des merveilles. Jamais elle ne laissa aux harpies l'espoir de planter leurs canines dans nos chairs. À chaque cercle que l'arme magique dessinait dans l'air jaillissaient des gerbes de feu. Les assaillantes hurlaient de douleur, reculaient, repartaient à l'assaut dans un mouvement de ressac incessant. Innombrables furent celles qui périrent sous les flammes. Brûlées vives, elles poussaient des cris stridents avant de se dissoudre sur le sol en une mare visqueuse. C'était un carnage. Tandis que Crom Dubh prenait définitivement le dessus, le Vieux Désossé leva à nouveau un bras. Une armée de lépréchauns maléfiques surgit de la colline, au-dessus de la nappe de brouillard. Ils étaient si nombreux que je crus que la lande toute entière se mettait en mouvement. Ils grouillaient telles des fourmis soldates pressées de se jeter dans la bataille.

« William ! insista le géant. Aide-moi ! »

Je sentis mon corps vibrer comme s'il était impatient d'en découdre. Mais les souffrances atroces vécues lors de ma dernière tentative de transformation freinèrent mon ardeur.

« William ! hurla Crom Dubh. Réveille-toi ! Tu es un Dé Danann ! »

Ces dernières paroles agirent comme un électrochoc. Je fermai les yeux et chassai la peur par mon nombril. Je me visualisai ensuite, planant comme un aigle au-dessus de la lande. Cette image me procura une joie si forte qu'un embryon de lumière naquit au centre de ma poitrine. Un tel phénomène ne s'était pas produit lors de mes essais précédents. Une étincelle jaillit, enflamma mon cœur et propagea l'incendie à tout mon corps. Je sentis mes ongles se courber, mes poils se démultiplier en fibres fines et duveteuses. Mes jambes gonflèrent, mon poitrail s'allongea. De mes bras surgirent de longues plumes noires formant des ailes gigantesques. Ma bouche, enfin, s'effila pour devenir un bec tranchant. Je devins un aigle des mers, un vrai, de la tête aux serres, sans qu'aucune douleur n'accompagne cette métamorphose.

Je m'envolai au-dessus du géant et fonçai sur l'armée des redoutables gnomes. Rien ne pouvait stopper mon élan. Des harpies se dressèrent devant moi, mais, à mon contact, leurs dents pointues et leurs lames acérées se brisèrent. Les lépréchauns dévalaient par milliers les pentes de la colline. Je poussai mon cri de guerre et piquai droit sur eux. Je vis leurs gueules rouges de rage aboyer contre moi. Mon premier passage se solda par une hécatombe dans leurs rangs. Mes ailes les fauchèrent, mes griffes les transpercèrent. Je les entendais hurler de douleur. Ils tentèrent en vain de m'arrêter en brandissant leurs sabres effilés, mais des centaines d'entre eux succombèrent sous les coups dévastateurs de mes serres. Je repris de l'altitude et aperçus Crom Dubh au milieu du brouillard. Il ressemblait à une tornade de feu, avec l'épée de Nuada. Les harpies étaient moins nombreuses, mais elles chargeraient jusqu'à la dernière, obéissant aveuglément au Maître des Brumes. À mon deuxième passage, les lépréchauns avaient formé des rangs plus compacts. Mais ma vitesse était telle qu'aucun obstacle ne pouvait me ralentir. Mes ennemis tombèrent comme des quilles, lacérés, éventrés. Je les bousculai et les projetai en l'air. Je pouvais discerner leurs visages haineux, leurs yeux sombres et leurs grimaces douloureuses. Ils luttaient courageusement, persuadés, peut-être, que leur nombre leur garantirait la victoire, mais je décimais leurs rangs de coups de bec rageurs. L'un d'entre eux, plus robuste et mieux armé, réussit à s'agripper à mon cou et voulut me planter son glaive dans la gorge. Ma fureur décupla. Je lui plantai mon bec dans le poitrail et l'éjectai si haut dans le ciel qu'il retomba dans l'océan. Ce devait être un chef prestigieux, car lorsqu'ils découvrirent son sort, les gnomes reculèrent, effrayés. Nombreux sont ceux qui battirent alors en retraite. Je lançai un dernier assaut pour terrasser les plus téméraires et rejoignis, pour finir, une corniche du château. J'atterris en catastrophe sur le promontoire, à une dizaine de mètres du sol. J'étais épuisé, à deux doigts de m'évanouir. Sous moi, Crom Dubh se débarrassait des dernières harpies.

Quand l'armée des brumes toute entière fut anéantie, quand plus aucune lame tranchante ne menaça nos vies, le géant se tourna vers le Vieux Désossé, debout, seul, sur la lande. Qu'était-il devenu, le monstre redoutable ? Sans ses bataillons de harpies, il n'était plus qu'un vieillard pitoyable au corps sec, au visage décomposé.

« Tu as gagné, marmonna le vaincu. Je suis à ta merci. Fais de moi ce que tu voudras. »

Crom Dubh s'approcha de son ennemi, l'épée dans une main, sa tête dans l'autre.

« Disparais ! ordonna-t-il. Rejoins l'océan et que je ne te revoie plus ! Je te bannis de l'île.

— Crom Dubh… bredouilla le Vieux Désossé

d'une voix étranglée. Tu ne peux pas exiger ça de moi. Cette terre est toute ma vie.

— Hors de ma vue ! » insista le géant.

Le Vieux Désossé ramassa son bâton et se dirigea, courbé, en direction de l'océan. Les pieds dans les premières vagues, il se retourna une dernière fois, espérant un geste du géant. Mais celui-ci resta intraitable. Le vaincu disparut au milieu des flots, dans un silence de mort. Crom Dubh, éreinté, s'assit sur une grosse pierre. Il ficha l'épée dans le sol et posa sa tête sur ses genoux. Je réunis mes dernières forces, me laissai tomber de mon perchoir et atterris devant lui. À ma grande surprise, il pleurait comme un enfant.

« Mais, Crom Dubh… Nous avons gagné ! »

Le géant leva son regard sur moi et murmura dans un sanglot :

« C'était mon père. »

Il me prit dans ses bras et me serra contre lui.

chapitre 19

« Ferme les yeux, William, et sens le vent glisser dans tes oreilles les mots doux que je t'ai murmurés depuis l'aube des temps. Rappelle-toi combien nos éclats de rire illuminaient nos jeux.

— Ça y est, il se réveille », entendis-je autour de moi.

J'ouvris un œil et reconnus la lueur de Dynn.

« Que fais-tu là ? »

La petite créature sourit malicieusement. Je me retournai et découvris Fiona, éclairée par le halo de lumière provenant de l'Émeraude.

« Où suis-je ? bredouillai-je.

— Dans le dolmen où j'ai caché notre pierre sacrée. »

Je voulus frotter mes yeux, mais, à la place de ma

main, une aile apparut. Je baissai la tête et découvris deux serres jaunes puissantes, ancrées dans le sol.

« Je suis…

— Un aigle, souffla Fiona. Tu es arrivé sous cet aspect, épuisé après ta bataille. Crom Dubh te portait dans ses bras.

— Crom Dubh ? Où est-il ?

— Il est reparti dans sa grotte, auprès de sa mère. Vois ce qu'il nous a laissé. »

Fiona, dans un geste solennel, souleva une arme étincelante.

« L'épée de Nuada, murmura-t-elle d'une voix émue. Je sens sa force, à nulle autre pareille. Nous l'avons cherchée si longtemps !

— Crom Dubh et moi avons fouillé autour du rocher à tête d'ours, expliqua Dynn. Le géant a utilisé toute sa force pour déplacer les éboulis. Je me suis infiltrée très profondément dans une brèche et j'ai trouvé l'arme magique enfouie au cœur de la montagne. »

Je m'approchai de Dynn et la serrai contre mon poitrail pour la remercier.

« Si tu n'avais pas trouvé l'épée, je ne serais pas ici, lui confiai-je.

— J'ai juste participé, répondit-elle avec humilité. Et puis, c'est Crom Dubh qui a décidé de te rejoindre pour combattre les harpies. »

Une lueur verte illumina soudain le dolmen.

« L'Émeraude nous appelle », déclara Fiona.

Elle tendit un bras et prit délicatement la pierre sacrée. À son contact, son corps parut se soulever. De l'autre main, elle saisit l'épée. Au moment précis où elle inséra l'Émeraude dans sa loge, à l'extrémité du pommeau, un éclair aveuglant zébra l'intérieur du dolmen. La terre émit un souffle puissant et les roches tremblèrent.

« Associée à l'Émeraude, l'épée de Nuada devient l'épée de Lumière, révéla Fiona. Sa lame est à nouveau reliée à la force du Soleil. »

Des larmes glissèrent lentement sur ses joues.

« Notre peuple attendait cet instant depuis des millénaires. »

J'avais peine à croire que l'arme magique qui avait conduit notre Grand Roi à tant de victoires était devant moi. Sa lame était polie comme un miroir. Mes yeux de rapace s'y reflétaient, mais d'autres images apparurent : des scènes de batailles auxquelles j'avais pris part. Je vis les puissants Fomoire et les vaillants Fir Bolg tomber sous ses coups. Les plaines étaient couvertes des cadavres des héros. Les corneilles planaient au-dessus des corps déchiquetés. Le ciel était couleur rouge sang. Troublé par tant de carnages, je baissai la tête et essuyai mes yeux de rapace contre mon aile.

« Peu de guerriers ont eu le privilège d'approcher l'épée de Lumière », précisa Fiona d'une voix emplie de respect.

Elle redressa la tête et me demanda :

« Peux-tu reprendre forme humaine ?

— Forme humaine…

— Prouve-nous que tu maîtrises ton pouvoir. »

Je fermai les paupières et visualisai l'apparence qui était la mienne avant que je me métamorphose en aigle. Mon cœur chauffa et devint une boule de feu.

J'ai une forme humaine, martelai-je en moi. J'ai une forme humaine.

Dans mon cerveau, l'image d'un rapace se consuma et se réduisit en cendres. Puis tout devint noir. Une silhouette apparut comme un rêve : celle de William. Une joie immense envahit mon corps. Je sentis des picotements dans mes membres et sur mon visage. Assis, les genoux contre ma poitrine, je tâtai mon visage et retrouvai avec bonheur ma bouche, mon nez, mes oreilles et mes yeux. J'avais repris sans souffrance mon aspect humain. Je jetai un coup d'œil sur la chambre obscure. Fiona était là, devant moi. Non pas son spectre, mais son corps chaud.

« Fiona… » murmurai-je en lui prenant les mains.

Je les approchai de mes joues et les blottis contre mon visage.

« Si tu savais combien de fois j'ai rêvé de pouvoir sentir la douceur de ta peau ! J'en avais assez de ton fantôme. »

Ma bien-aimée approcha à son tour son visage de mes mains et les effleura.

« Nous sommes de nouveau réunis », me dit-elle.

Elle toucha le bracelet de force que je portais à mon poignet droit. Aussitôt, une décharge d'énergie traversa mon corps. Sonné, j'essayai de comprendre ce qui venait de se produire.

« C'est… étrange, balbutiai-je. J'ai l'impression qu'une partie de ma mémoire… se réveille. Je me souviens… du rôle de l'Émeraude.

— Parle. Je t'écoute.

— Je la vois fichée dans le pommeau de l'épée parmi les trois autres talismans : le chaudron de Dagda, qui procure à notre peuple une nourriture éternelle, la lance de Lug, qui rend invincible, et la pierre de Fal, qui gronde si le guerrier qui s'assoit dessus est digne de devenir le chef de notre tribu. Un jour, nos quatre talismans nous permettront de quitter les profondeurs de la Terre pour rejoindre les membres de notre peuple qui séjournent à Tir na n'Og, la terre de l'Éternelle Jeunesse.

— Que te rappelles-tu d'autre ?

— Je sais que notre amour est plus fort que tout, lui confiai-je en approchant mes lèvres des siennes.

— Euh… je vous laisse, intervint Dynn. Je vais retrouver mes sœurs. Je sens que les animaux ont besoin de moi. »

Elle leva sa main et émit deux petits flashes vers chacun de nous. Puis elle disparut en un clin d'œil.

Fiona déposa solennellement l'épée de Lumière sur le sol et se faufila à genoux dans l'obscur couloir de granit. Je m'extirpai à mon tour du dolmen. Mes yeux furent aussitôt éblouis par la clarté du ciel. Ma bien-aimée se dressait devant le soleil.

« Macha, Morrigan et Bodb sont des traîtresses, l'avertis-je. Elles ont cherché à m'éliminer.

— Dynn m'a tout expliqué, répondit Fiona. Les trois magiciennes sont terribles et puissantes. Elles n'ont pas supporté que notre peuple nous ait confié la garde de la pierre sacrée. Elles estiment qu'elles méritent cet honneur. Je savais qu'elles guetteraient le moindre de nos faux pas, mais de là à s'acharner sur toi…

— Je suis sûr qu'elles sont à l'origine de notre malheur. Ce sont elles qui m'ont transpercé le cou pour me séparer de toi et de notre tribu. Elles ont failli me tuer au château, juste avant que n'apparaisse le Maître des Brumes.

— C'est étrange, réfléchit Fiona. D'habitude, elles ne laissent aucune chance à leurs adversaires.

— Peu importe ! Nous sommes désormais plus forts puisque j'ai retrouvé mes pouvoirs. Je peux me transformer en aigle quand je le veux. Je suis redevenu le guerrier que j'étais.

— Un guerrier vêtu comme un collégien », se moqua gentiment Fiona.

Elle claqua du doigt et mon jean fit aussitôt place à un pantalon en cuir, ma veste à un gilet de laine bardé de métal. Déconcerté, je m'exclamai :

« Fiona ? Qu'est-ce que tu as fait ? »

Elle partit dans un fou rire.

« Il faudra t'y faire. Notre peuple est resté fidèle à ses coutumes. Habitue-toi aussi à m'appeler par mon nom Dé Danann : Anga. »

Je la voyais rire pour la première fois. Elle avait toujours été grave depuis notre première rencontre. Cette gaieté retrouvée était liée au bonheur de me revoir auprès d'elle, après tant de siècles et d'épreuves traversées. Je l'aimais encore plus en cet instant.

« Je ne parviens pas à me souvenir de mon nom Dé Danann, lui dis-je d'une voix dépitée. Peux-tu me le révéler ?

— Tu le retrouveras en temps voulu, me répondit-elle. Il est encore trop tôt. »

Elle se tut et fit face aux silhouettes douces et majestueuses des Twelve Pins. Je tournai la tête vers ce panorama sublime. Que le Connemara était beau, du haut de la montagne Tully ! Anga dressa ses bras au ciel et cria à toute la vallée :

« Mon bien-aimé est revenu ! Mon bien-aimé est revenu ! »

L'écho des montagnes reprit ses paroles. À ma grande surprise, une nuée d'oiseaux s'envola de toutes parts, des îles bordant l'océan aux lacs entourant les Twelve Pins. Des colombes et des cygnes se rassemblaient dans le ciel pour fêter l'événement. Je pointai mon regard sur la lande et aperçus Bran. Il se cabrait pour saluer mon retour. Anga prit le ciel à témoin et clama :

« Longue vie à mon bien-aimé ! »

Un martelage sourd répondit à ses cris. Les guerriers de Dana frappaient leurs boucliers pour célébrer la bonne nouvelle. Parmi eux, trois magiciennes me maudissaient, tapies dans leur royaume souterrain. Bientôt, je le jurai, je les débusquerais et les soumettrais au jugement des Tuatha Dé Danann.

« Quand annoncerons-nous à notre peuple que l'épée de Lumière a été retrouvée ? demandai-je à Anga.

— Cette décision ne nous appartient pas, me répondit-elle. Nos chefs aviseront. »

Je scrutai l'horizon et aperçus les toits de Moyard. Mes parents humains, John et Elisabeth, me croyaient au collège.

Quand leur avouerai-je qui je suis ?

Des frissons parcoururent mon corps. Au même moment, un vent se leva, faisant flotter nos chevelures. Je reconnus le souffle de Crom Dubh.

« Gloire au fils d'Eriu ! » entonnai-je.

Je m'accroupis sur le sol. L'herbe était tendre et humide. Je grattai la tourbe noire et portai la terre d'Irlande à ma bouche. L'énergie de l'île tourbillonnait en moi, s'alliant avec force à la vigueur du vent. L'Irlande me saluait à sa manière. Je fermai les yeux et perçus le battement que j'avais entendu dans la grotte de Crom Dubh : le battement de la Terre. Peut-être était-ce le cœur d'Eriu ? Je ne pus retenir mes larmes.

« Je suis si heureuse ! » s'exclama soudain Anga en tendant ses bras vers moi.

Elle me poussa et me fit basculer dans les herbes. Nous roulâmes dans la pente en riant comme des fous. Quand notre jeu cessa, j'approchai mes mains de son visage et caressai lentement ses joues. Sa peau était douce. Anga, étendue sur la lande, ne bougeait pas. Elle inspira profondément, comme pour retenir cet instant. Je me penchai et l'embrassai passionnément.

« Il y avait si longtemps, soupira-t-elle après notre étreinte. Si longtemps… »

Je serrai ses mains entre les miennes et portai mon regard vers le ciel. J'avais l'impression que je pouvais me fondre dans les nuages. Qui pouvait m'en empêcher ? J'étais un Dé Danann. Je tendis mon bras pour caresser le souffle du vent. Mon bracelet en or luisait au soleil, mais ses reflets étaient bien pâles, comparés aux éclats de bonheur jaillissant des yeux aveugles d'Anga.

À suivre…

Tipik junior

1. *Le grimoire d'Arkandias*, E. Boisset
2. *Arkandias contre-attaque*, E. Boisset
3. *Le sarcophage d'outretemps*, E. Boisset
4. *Sortilège au Museum*, P. Delerm
5. *Meurtre à Honfleur*, M. Delerm
6. *Le signe de Saturne*, J.-Y. Loude
7. *Sacré scarabée sacré*, F. Jay d'Albon
8. *Témoins sur vidéo*, B. Aubert & G. Cavali
9. *À plein tube*, F. Librini
10. *Nicostratos*, E. Boisset
11. *Le manoir d'Orleur*, D. Convard
12. *Indiana Jules*, C. Laborde
13. *Tom chewing-gum*, O. Ka
14. *L'inconnu du 13 octobre*, F. Librini
15. *La nuit de Maï Ahn Li*, J.-L. Estèbe
16. *La cavalière de l'autre rive*, M. Amaury
17. *Pris au piège*, F. Arcis
18. *Le vol du nez*, J.-Y. Loude

19. *Les trois crimes d'Anubis*, D. Convard

20. *Dix petits blacks*, D. Convard

21. *Meurtre à Noirmoutier*, M. Delerm

22. *La fiancée du Nil*, C. Jacq

23. *Le chant sacré des baleines*, E. Simard

24. *Le secret d'Akhénaton*, F. Jay d'Albon

25. *Le maître des éléphants*, R. Guillot

26. *L'homme au chapeau*, Sarah K.

27. *Marvin a kidnappé le Président*, M. Honaker

28. *La mort sous contrat*, B. Aubert & G. Cavali

29. *La théorie de l'oignon*, J. Manini

30. *Le sorcier de Saint-Rambert*, A. Charpentier

31. *Meurtre au Salon du livre*, M. Delerm

32. *La nuit du 8 décembre*, J. Chaboud

33. *Les brumes du Connemara*, E. Simard

34. *Ronan le défaiseur*, S. Benson

35. *Télétoc*, G. Streiff

36. *Traquées !*, M. Amelin

37. *Graine de résistant*, A. Ténor

38. *Nuit blanche*, M. Séassau

39. *L'armée du Cornu*, F. Aubry

40. *Le souffle de la pierre d'Irlande*, E. Simard

41. *Meurtre à la romaine*, M. Delerm

42. *Mademoiselle V*, J.-B. Evette

Collection animée par Jack Chaboud

Pour en savoir plus
sur *La Légende de l'Émeraude*
et les autres titres de l'auteur,
rendez-vous sur le site :
www.ericsimard.net

Magnard Jeunesse, 2004
20, rue Berbier-du-Mets
75013 PARIS
www.magnard.fr

Loi n° 49-956 du 16-07-1949 sur les publications destinées à la jeunesse.

Conception de couverture : Lonsdale
Photogravure : Dawant Fossard
N° ISSN : 1767-3038 / N° ISBN : 2210 986 133

N° d'éditeur : 2005/229– Dépôt légal : novembre 2004
Achevé d'imprimer en avril 2005 par SYL - Barcelone (Espagne)